Jean Paul

Des Luftschiffers Giannozzo
Seebuch

Jean Paul: Des Luftschiffers Giannozzo Seebuch

Erstdruck in: Komischer Anhang zum Titan, Band 2, Berlin 1801.

Neuausgabe mit einer Biographie des Autors
Herausgegeben von Karl-Maria Guth
Berlin 2016

Der Text dieser Ausgabe folgt:
Jean Paul: Werke. Herausgegeben von Norbert Miller und Gustav
Lohmann, Band 1–6, Band 3, München: Hanser, 1959–1963.

Die Paginierung obiger Ausgabe wird hier als Marginalie zeilengenau
mitgeführt.

Umschlaggestaltung von Thomas Schultz-Overhage unter Verwendung
des Bildes: Francesco Guardi, Ein Heißluftballon steigt auf, 1784

Gesetzt aus der Minion Pro, 11 pt

Verlag: Henricus - Edition Deutsche Klassik GmbH
Mörchinger Str. 33, 14169 Berlin, info@henricus-verlag.de
Druck: Libri Plureos GmbH, Friedensallee 273, 22763 Hamburg

Die Ausgaben der Sammlung Hofenberg basieren auf zuverlässigen
Textgrundlagen. Die Seitenkonkordanz zu anerkannten Studienausgaben
machen Hofenbergtexte auch in wissenschaftlichem Zusammenhang
zitierfähig.

ISBN 978-3-8430-8088-0

Bibliografische Information der Deutschen Nationalbibliothek

Die Deutsche Nationalbibliothek verzeichnet diese Publikation in der
Deutschen Nationalbibliografie; detaillierte bibliografische Daten sind
im Internet über www.dnb.de abrufbar.

Erste Fahrt

Luftschiffs-Werft – die Seligkeit eines Gespenstes – Leipzig

Trefft ihr einen Schwarzkopf in grünem Mantel einmal auf der Erde, und zwar so, daß er den Hals gebrochen: so tragt ihn in eure Kirchenbücher unter dem Namen Giannozzo ein; und gebt dieses Luft-Schiffs-Journal von ihm unter dem Titel »Almanach für Matrosen, wie sie sein sollten« heraus. Wahrlich, wär' ich ein säkularischer Mensch wie Shakespeare: ich riebe mich vor Ärger auf, daß die Wochenmenschen, die Allermannsseelen mich nur angreifen dürften mit ihren schmutzigen Augen; die ersten Christen, die Griechen, die Ägypter hatten mit größerem Rechte Verbote der heiligen Bücher, als wir letzten Christen Verbote der unheiligen. Ich aber als ein schlechter Monatsheiliger mag mich allenfalls mit den Monatsrettichen, die unter mir grünen und feststecken, und mit den Mai-, Junius- und Juliuskäfern, über die ich hinfliege, und mit den Unterhaus-Gemeinen gemein machen und verunreinigen und kann ohne Schaden allgemein gelesen werden. Nähr' ich doch dabei die Hoffnung, daß ich die Allermannsseelen recht damit in Ärger setze. Euch, ihr Brüder meines Herzens, aber lass' ich den Matrosen-Almanach als einen Ordensbecher nach, woraus ihr den Labe- und Leichentrunk nehmen sollt, wenn ihr lange Flöre aufsetzt und umbindet, bloß weil euer Giannozzo den Hals gebrochen.

Könntest du doch jetzt unter meinem Luftschiff mithängen, Bruder *Graul*- dieser Name ist viel besser als dein letzter, *Leibgeber* –: du machtest gewiß die Sänftentüren meiner Luft-Hütte weit auf und hieltest die Arme ins kalte Ätherbad hinaus und das Auge ins düstere Blau – Himmel! du müßtest jetzt aufstampfen vor Lust darüber, wie das Luftschiff dahinsauset und zehn Winde hinterdrein und wie die Wolken an beiden Seiten als Marsch-Säulen und Nebel-Türme langsam wandeln und wie drunten hundert Berge, in *eine* Riesenschlange zusammengewachsen, mit dem Gifte ihrer Lavaströme und Lauwinen zornig zwischen den Ameisen-Kongressen der Menschen liegen – und wie man oben in der stillen heiligen Region nichts merkt, was drunten quäkt und schwillt.

– Bruder Graul, hiemit sei dir mein Luft-Schiffs-Journal mit einiger Achtung zugeeignet! Mein Etat hier oben ist dieser:

Du entsinnst dich unserer chemischen Nächte in Paris; aus diesen hat sich für mich ein chemischer Tag abgeschieden; ich hab' ein Doppel-Azot (verzeih den Namen) ausgefunden, wodurch die Luft-Schifferei so allgemein werden kann, daß man die andere zu sehr verachten wird. Ausführlich und deutlich für jedes Kind will ich in zwei Minuten das ganze chemische Rezept samt der mechanischen Verrichtung – da ich bei leichtem Winde sogar steuern kann – hieher schreiben bloß in der Absicht, daß mein Schiff wie ein Wassertropfe in die Gießgrube der schweren, für *einen* Ton und Bug ineinander schmelzenden Glockenspeise der Menschheit springe – Wetter! wie wird die weiche Masse in tausend Zacken und Knällen zerschießen und alles hoch hinauswollen. Nehmet also, ihr Leute, ein halbes Pfund …

Des Herausgebers Hand am Rand: Aber in unserer alles entmastenden Zeit halt' ich gewiß mit Recht dieses Revolutions-Rezept zurück, bis wenigstens allgemeiner Friede wird. Dem Chemiker geb' ich etwas, wenn ich sage: Giannozzo ist im Besitz einer ganz neuen, noch einmal so leichten azotischen Luft – er extrahiert sie sogar oben, wenn der Eudiometer mehr phlogistische Luft ansagt – er lässet immer ein Naphtha-Flämmchen brennen, wie unter dem Teekessel flackert – er treibt droben oft die Kugel höher, ohne das Abzugsgeld von Ballast auszuwerfen – er hat einen Flaschenkeller von Luft bei sich – die Kugel hat nur den Halbmesser anderer Kugeln, die nicht mehr tragen, zum Diameter – sie besteht (wie mir *Leibgeber* schreibt, der sie gesehen) aus einem feinen, aber unbekannten Leder mit Seide überzogen (vermutlich gegen den Blitz) – Aber nun ists genug. Soweit der Herausgeber.

*

Was sagst du zu diesem Rezept? – Dabei hält mich mein Leder-Würfel, der auf allen 6 Seiten Fenster hat, auch auf dem Fußboden, hier im obern Dezember (der Juni drunten liegt über 3000 Fuß tief) ganz warm, wie eine zerbrochene Bouteille einen Gurkenstengel. Ich warte sogar wie ein Paradiesvogel meinen Schlaf über den Wolken ab und ankere vorher in der Luft. Der gleichzeitige Marsch und Kontremarsch der Wolken hat es dir längst gesagt, daß fast immer entgegengesetzte Winde in verschiedenen Höhen streichen. Zwischen zwei feindseligen

928

Strömen hält nun nach den hydrostatischen Gesetzen durchaus eine neutrale ruhige Luftschicht still. Und in dieser schlaf' ich gemeiniglich.

Auf den ersten Gedanken der Auffahrt brachte mich das Wort: révenant. Einer sprach es zufällig vor mir aus; ich dachte an das Himmelsglück, ein Gespenst zu sein – da tat sich eine Pandorabüchse, ein Äolsschlauch von Phantasien auf. Ihr Geister! wie gern wollt' ich Grenzensteine verrücken und unrechtes Gut einsammeln, wenn ich dadurch die Geister-Masken freiheit überkäme, daß ich in schrecklicher Gestalt umgehen und jedem Schelm, der mir gefiele, das Gesicht zu einem physiognomischen Anagramm umzeichnen könnte. Bald würd' ich vor dem Oberkriegskommissar als ein sanfter Haifisch gähnen – bald einen welken roué mitten in seinen impedimentis canonicis als eine Riesenschlange umhalsen wie den Laokoon – bald vor einem Sortiment von Bratenröcken, das die Käferfreßspitzen schon in die braune Pastete setzt, aus dieser belebt und naß aussteigen als greuliche Harpye – und fast täglich würd' ich fait davon machen, daß ich diese statistischen, kleinstädtischen Achtzehnjahrhunderter ohne Geister und Religion mitten in der Kammerjägerei ihrer Brotstudien, Brotschreibereien und ihres Brotlebens mit etwas Überirdischem (ich fahre z.B. als ein Engel durch den Saal) aus der Trödelbude ihres abgeschabten Treibens und Glaubens hinaussprengte, so daß sie sich lieber für toll hielten und für krank und sogleich nach dem Kreisphysikus schickten Ach, das sind sanfte Idyllen-Träume!

Aber es geschah doch etwas, wenn ich füllte und in die Luft flog; es wurden mir doch, wenn ich so luftseefahrend weniger wie Howard durch die Kerker als um den großen Kerker aller kleinen reiste, Mittel und Wege gezeigt, besser auf die Menschen zu wirken, es sei nun, daß ich einige Steine meines Ballastes auf sie werfe, oder daß ich als herabkommender révenant wie ein Falke auf ihre Sünden stoße, oder daß ich mich ihnen unsichtbar mache und fest in solcher Lufthöhe und Barometertiefe.

Vorgestern am ersten Pfingsttag, wo der heilige Geist aus dem Himmel niederkam, verfüg' ich mich aus Leipzig in denselben und stieg. Vor dem Peterstore neben der Kirche spannt' ich meine azotischen Flügel aus – zum Glück in *einer* Viertelstunde. Denn der Portier des Tores und der der Kirche (der Küster) schlossen einen Verein und suchten die Polizei aufzuwecken, um es mir verstärkt zu wehren, damit ich nicht unmittelbar vor den langen Kirchenfenstern in die Höhe se-

929

gelte und sie drinnen turbierte. Ich war aber bald über das zugesperrte Stadttor weggeflogen. Die Wache hatte vielleicht erwartet, daß ich mir es aufschließen ließe. Denn es ist da die gute Einrichtung, daß man die Tore, wie Janus seine, zur Zeit des Gottesfriedens in den Kirchen völlig sperrt – damit die Zuhörer und noch mehr die Armenkatecheten darin nicht gestöret werden durchs Gehör – und solche nur dann aufmacht, wenn Wagen kommen, damit die Passagiere ebensowenig dabei leiden; – und so läuft Einfuhr der Ermahnungen und der Menschen gut nebeneinander fort.

Aber, o ihr Genien, warum schenk' ich hier diesem etwas antigenialischen Pleiß-Hanse-Athen – leider wollt' es sich auf dem Getäfel seiner Ebene mir gar nicht aus dem Gesicht verlieren – nur drei Worte über seine lackierte und getriebene Arbeit von Umgang, über seinen Mangel an Eisenfressern und Überfluß an Eisensäufern[1] und über den Handelsgeist, der nie sagt: ich und du, sondern: ich et du? Warum lass' ich mich herab zu dieser Ebene? Erstlich weil mich ihre galanten Gelehrten ergötzen, die stets einen schönen Mittelweg zu halten wissen, es sei von der scientia media der Philosophie die Rede oder von den Mittelstimmen der Poesie[2]; und zweitens, weil sich die Stadt doch täglich einen frohen Tag macht und aufs Land geht. Sonst wächset an Handelszweigen mehr Holz als Blüte.

»Aber ich strecke meine Arme (an meinem innern Menschen und neuen Adam hängen beide) Dank-betend gegen dich aus, göttliche Sonne, und danke dir, daß ich dir näher bin und ferner von den Menschen, sowohl von den Sachsen als von allen andern! – Ich will sterben, schlaf' ich diese Nacht drunten. – Und doch möcht' ich an dem Steine liegen, wo du einschliefst, heiliger Gustav, und heute zu diesem Jakobs-Kopfkissen niederfahren!« – –

930

1   Er meint wohl die Eisenkuren. D. H.

2   Offenbar verrät hier Giannozzo seine Unzufriedenheit mit dieser wohlhabenden Stadt so wie seine individuellen Begriffe davon. – Ich kann mir leicht gedenken, daß es ihm darin nicht sonderlich erging; aber der Mensch legt oft die Eier, die man ihm – an den Kopf wirft. Leipzig zeichnet sich (wie vielleicht überhaupt Handelsstädte, z.B. Hamburg, London und die belgischen) durch reichliches Wohltun gegen Arme aus; auch den Vorwurf der Volkshöflichkeit, den er macht, getrau' ich mir zur Hälfte abzutreiben, was bei dem Berliner-Volke nicht anginge.

Das schrieb ich, da ich auf dem Schlachtfelde bei Lützen den Ge-
dächtnisstein sah, den ausgeworfenen Ballast, als Gustav blutig höher
fuhr; – – aber die Winde wurden meine Sänftenträger, und ich schlief
über euerem Gewölke.

Mein Schiff hab' ich – da doch jedes so gut wie eine Glocke oder
seine Mannschaft unter der Linie eine Taufe haben will – den *Siechkobel*
getauft.

Zweite Fahrt

Endigung der ersten – die Krötenritter – Frosch- und Mäusekrieg
im Fürstentum Vierreuter

In Luftschiffs-Journalen muß Ordnung sein; ich fange wieder an.

Vorgestern am Auffahrtstage war ich um die Welt nicht her unter-
zubringen auf diese; vom unsteten Wehen ließ ich mich über Sachsen
hin- und herwürfeln. Ich oder der neue Trabant um die Erde mochte
ihnen drunten etwan die scheinbare Größe des alten haben. Mein
Tischgebet verrichtete ich vor einem weichen Ei, das ich mir in Din-
tenwein[3] auftrug. Ich könnte ein pläsantes Leben hier oben führen,
wenn ich mich nicht den ganzen Tag über alles erboste, was ich mir
denke und finde. Schon drunten war ich oft imstande, tagelang die
Stube auf- und abzulaufen und die Faust zu ballen, wenn ich über die
böse Zwei (die böse Sieben für mich), über *Ungerechtigkeit* und *Aufbla-*
sung reflektierte und mir die greuliche Menge der Schnapphähne und
der Krähhähne vorsummierte, die ich in so vielen Ländern und Zeiten
muß machen lassen, was sie wollen, ohne daß ich den einen die Sporen,
den andern den Kamm abschneiden, dort Köpfe, hier Fenster einschla-
gen könnte. O Bruder Graul, kennst du auch den Ingrimm, wenn der
Mensch sich vergeblich ein paar Sündfluten oder Jüngste Tage oder
einen mäßigen Schwefelpfuhl wünscht, und es wie ein fauler Hund
mit anschauen muß, wie zahllose Blut- und Schweinsigel, Kirchenfalken
und Staatsfalken – in allen Ländern, Departements und den drei Zeit-
Dimensionen – ungestraft saugen, stechen, stoßen und rupfen; – wie
sie, gleich dem grünen Wasserfrosch, der die bewohnten Schnecken-

---

3   Vin tinto, der beste Wein in Algarbien und fast dintenschwarz.

häuser verdauet, Häuser und Länder verdauen; – wie sie (die besagten Bestien) wie der Ochse des Phalaris sogar den Schrei des Menschenschmerzes in das Brüllen einer wilden Tierstimme verkehren? – O könnte man nur eine Woche lang als ein hübsches volles Gewitter über die Menschenköpfe ziehen und sie zuweilen berühren von oben herab, so wollt' ich nicht klagen!

Da ich vorgestern über ein Dutzend Marktflecken und ein halbes kleiner Städte wegging und durch meinen gläsernen Fußboden und mein englisches Kriegsperspektiv herunterguckte in die Gärten und Gassen und an die Fenster mitten unter die Visiten-Komödien mit Chören hinein: so sagt' ich: ihr armen Sünder allzumal, wollte Gott, ich wäre ein Platzregen! – Graul, du glaubst es nicht. Einer Sedezstadt zuzusehen, das passiert; aber eine ganze Sedezstädte-Bank, eine Austernbank, von oben zu überschauen, das chagriniert. Ich sah in 22 Gärten von mehreren Zwergstädten auf einmal das Knicksen, Zappeln, Hunds-, Pfauen-, Fuchsschwänzen, Lorgnieren, Raillieren und Raffinieren von unzähligen Zwergstädtern, alle (was eben der wahre Jammer ist) mit den Ansprüchen, Kleidern, Servicen, Möblen der Großstädter. – Hier in der einen Tanzkolonne die Sedezstädterinnen mit bleihaltigen Gliedern und Ideen, aber doch in gebildete Shawls eingewindelt und in der griechischen Löwenhaut schwimmend, viele wie Hühner[4] und Offiziere mit Federbüschen kränklich bewachsen, andere in ihren alten Tagen mit bunten Kleiderflügeln behangen als Denkzetteln der jungen, wie man sonst gebräunte Pfauen mit ungerupften Flügeln in der Bratenschüssel servierte. – – In der entgegenstehenden Kolonne die Elegants und Roués, wie sie keine Residenzstadt aufweiset, die Narzissen-Jüngerschaft des Handels, des Militärs und der Justiz, deren modische Kruste in schneller Hitze ausbuk voll schwerer roher Krume, sprechend von Ton und schöner Welt, sehr badinierend über die alte langschößige in der Stadt; nicht gerechnet eine Sammlung gepuderter zarter Junker-Gesichter, die aus Billards und Schlössern vorgucken, wie aus dem durchlöcherten Kaninchenberg weißköpfige Kaninchen. – – Graul, über einen ganz vollen sächsischen Garten dieser Art, einen Kaninchengarten, mit eleganten langhosigen Ohnehosen besamet, streckt' ich im Zorn transitorisch meinen Arm aus, wie Xanthippe ihren über ihren

932

4   Nach Doktor Pallas entstehen Federbüsche auf Hühnerköpfen vom Beinfraß.

Sokrates unter der Haustüre, und goß es – ὡς εν παροδω – auf die Lustpartie hinunter- – mit Effekt, gebe der Himmel! Auf keine andere Weise als mit diesem Strichregen macht' ich meine erste Gastrolle in der kursächsischen Atmosphäre als Jagdtäufer.

Aber so ist die ganze ungeweihte Erde. Man denkt sich nur immer die eigne Stadt als das Filial und das Wirtschaftsgebäude zu einer entfernten Sonnenstadt; könnte man aber durch alle Gassen auf der Kugel auf einmal hinunter- und hinaufsehen und so immer dieselbe Gemeinhut der Alltäglichkeit auf beiden Kugelhälften finden: so würde man fragen: ist das die berühmte Erde? »Das Spuckkästchen drunten, das Pißbidorchen, das ist der Planet«, würd' ich einem Seraph antworten, der vor mir vorbeiflöge und mich bäte, ihn zurechtzuweisen.

Das ist eben meine zweite Hölle – oben gedacht' ich meiner ersten –, daß ich so unzählige Narren, die wie Luftbetten nach jeder Erniedrigung sich selber wieder heben – die Billionen, die sich den ganzen Monat die Huldigungsgerüste selber bauen – die Repetieruhren, die es immer wiederholen, wie weit sie *vorgerückt* – alle die Trommelsüchtigen in tausend Dörfern, Gerichtsstuben, Expeditionsstuben, Lehrsälen, Ratsstuben und Kulissen und Souffleurlöchern, welche lustig schwellen können, ohne daß man ihnen mit dem Trokar einen tapfern Stich geben kann, das ist meine Hölle[5], daß ich so viele Windschläuche mir denken muß, denen ich nie beikommen kann, weil manche einen ganzen Erdmesser weit von mir liegen. – – O Gott, nur *einen* Jüngsten Tag der allgemeinen Demütigung – gern fahr' ich dann ab! –

Aber zurück zu meinen andern Fahrten! Gestern am zweiten Pfingsttag erwacht' ich über dem Fürstentümlein *Vierreuter*[6] und wurde gerade auf dessen Haupt- und Residenzstadt hergetrieben. Ich beschloß, in beiden meinen Kaffee zu trinken. Kurz vor dem Parisertore dreht' ich beide Hähne meiner Kugel auf, sowohl den für die Ausfuhr

5 Diese Überrechnung, wodurch Giannozzo verwildert, mildert andere Gerade die Vorstellung des aufgeblasenen Heers, dem man doch Schwimmblasen und Schwimmfüße nicht ausreißen kann, lässet uns jeden dastehenden Stolzen, der mit dem *Winde* segelt, den er macht, und jeden Eiteln, der von der Luft lebt, die andere ausatmen, als *einen* Toren mehr, viel leichter ertragen. D. H.

6 Der wahre Name aber heißet, wenn anders die Zensur nicht Sternchen dafür setzt, *****

leichter als den für die Einfuhr schwerer Luft und fiel wie ein Stoßvogel innerhalb der Wache nieder. Aber das machte diese dumm und wild, sie rief den Tor-Katecheten, und dieser wollte durchaus wissen, wer ich wäre, ferner meine Geschäfte, mein Logement und die Zeit meines Bleibens. Ich entgegnete ihm ganz höflich, er würde recht haben, grob zu fragen, so wie die Schildwache, den schiefen Schlagbaum gerade zu ziehen und sich davor grimmig zu postieren – da kleine Fürstentümer und deren Residenzen, wie kleine Juwelen, leichter zu verlieren wären –, wenn ich draußen in einem Wagen vor dem Tor säße und es ansähe; allein jetzt sei ich ja, wie er sehe, darüber weg und schon einpassiert. Er gab durchaus nicht nach, ich auch nicht. Der Wehrstand, in den ich mich setzte, lockte den halben Wehrstand der Wachtstube um mich, Haustruppen im eigentlichen Sinn, die nie außerordentlichen Lärm in der Welt gemacht außer vor ihren eignen Ohren, wenn sie eben Gurken aßen. Du sagtest einmal, Graul, du getrautest dich, wenn du am Grenzwappen ständest, über das ganze Fürstentum leicht wegzupissen, so schmal lauf' es fort. Ich gab der Landmacht um mich herum etwas Ähnliches zu verstehen, indem ich sie fragte, ob man hierso wie eine gewisse Stadt vor einem blinden Tore eine lebendige Wache hätte – nicht ebensogut vor wahre Tore blinde oder gemalte Wachen stellen könnte, die man gar nicht abzulösen brauchte.

Da sich darauf die Landmacht rüstete, mich ernsthafter zu berennen: ließ ich bloß meinen grünen Mantel ein wenig auseinanderfallen; sogleich schlug ich den Heerbann aus dem Felde – mit einer Kröte. Im ganzen Fürstentum Vierreuter steht nämlich kein Orden in größerem Ansehen als der französische oder neufränkische, den der Fürst selber gestiftet, damit er zum Großmeister erhoben würde von sich. Nach der Analogie von Deutschmeistern und deutschen Herren nennt er sich Frankenmeister und die Ritter Frankenherren. Sie tragen (denn er mußte mich in Marseille auch zu einem machen) im Knopfloch an grünem Bande eine goldne Kröte – wenns nicht bloß ein Frosch sein soll (da sie so groß ist wie der am Fiedelbogen) –; vermutlich soll die Kröte auf die französische Lilie (der Sage nach die Nachflor der Kröte) hinführen.

Es ist gar nicht zu sagen – wenn man nicht im Kammerkollegium sitzt –, um wie viele Zolle der vierreuterische Ordensgeneral durch die Erfindung seines Frosch- oder Krötenordens dem Lande die Geldgurt weiter und voller gemacht, – – bloß weil er aus beiden kein Goldstäubchen hinausfliegen ließ in fremde Länder für fremde Titel. Erstlich der Fürst selber, der, denk' ich, den besten und daher teuersten Titel verlangen darf, legt – anstatt sich einen, z.B. das überteuerte blaue Hosenband aus England zu verschreiben, eine wahre Staats-Aderlaßbinde – ein inländisches Fabrikat um den Leib, das ihm keinen Heller kostet, sondern nur ein Wort, und er steht so gratis als Groß- oder Frankenmeister des Krötenordens fertig vor Europa da. Oder verlangt man, daß ein Herr, der das ganze Jahr Titel und Bänder an alle Welt, oft an die größten Tropfen und Ausländer ausgeworfen, sich selber zu nichts kreieren und durch kein Selbstband zeigen soll, wie er sich ehre? –

935

Zweitens: da die Menschen auf dem schlaffen Seile der seidnen Bänder am liebsten tanzen: so können in Ländern, die mit *Metall*saiten bezogen werden sollen, gar nicht Basler Ordensbandfabriken genug errichtet werden, damit man die Menschen und ihr Geld bei der Ehre fasse! Der Frosch setzte mich und meine Injurien in Sicherheit und Achtung und darauf in den Gasthof, wo ich sogleich nach dem Balbier und nach dem Hofmarschall schickte, um durch beide den Zutritt zur Cour zu erwerben. Ich und der Fürst waren uns einander ehemals in Marseille in den Kulissen des Théatre des Variétés aufgestoßen und sehr bekannt geworden. Die Wahrheit zu sagen, wollt' ich dem Hofe Verdruß machen und mich nachher wieder in die Luft. Ich wurde angenommen; aber da ich im Verzugs- und Anstandssaale auftrat unter den Frankenherren ohne Courflagge und Courruder, ohne Haarbeutel und Degen: so mußt' ich mich ein wenig auf dem Rücken und von der Seite ansehen lassen. Endlich erschien unser Frankenmeister mit seiner Meisterin. Ich wurde ihm präsentiert wie ein lebender Wechsel auf die Vergangenheit, aber nicht außerordentlich honoriert und akzeptiert; – die Arme, womit er sonst jugendlich an sich drückte, waren – der eine durch das feste Halten des gewichtigen Zepters, der andere als Tragebalken und Atlas des Thronhimmels – ganz steif geworden und die weichen Hände sehr kallös. Er konnte die Ellenbogen so wenig um mich zusammenschlagen als ein Wegweiser seine hölzernen. Ich führte ihn leise auf einige Juvenalia zurück, besonders auf ein Inkognitohaus in Marseille, das eigentlich das wahre Théatre des Variétés war, wo ich ihn mehrere Sonntage vormittags damit außer Fassung brachte, daß ich ihn daran erinnerte, wie gerade jetzt (in diesen etwas apokryphischen Horen) auf allen Kanzeln seines Landes in den kanonischen werde um das Vergnügen und die Tugend des Landesherrn geflehet werden und besonders darum, daß er gesund wiederkomme –: er ging darauf allemal ans Fenster des Theaters und hatte Gedanken.

Aber heute brach er ab mit einem gezwungenen Lächeln. – Serenissima sah stolz über die öden Plätze meines Körpers hin, wo ich mich als eine bloße Henne darstellte mitten unter so vielen Courhähnen mit Kamm und Sporen – nämlich ohne Haarbeutel und Degen. Sie ist eigentlich die Goldschaumschlägerin des zeremoniellen Rausch- und Knistergoldes; ihre Courparole Von hätte den Adam, ihren Urherrn, als einen tafelunfähigen von wenig oder gar keinen Ahnen – weil Präadamiten schwer zu dokumentieren sind – von ihrem Tischtuch verjagt. Sie wußte von den Römern, daß Sklaven oder (in der Sprache des Mittelalters) Leute frei würden, wenn sie mit dem Herrn äßen.

Endlich machte sich der Hof zum Marsche ins Tafel- oder Stummenzimmer mobil, und wir Kammer- und Frankenherren – meistens Leute, die nichts zu essen haben außer im Bratenrock und die sich mit dem Degen an der Seite den Weg bahnen zur Schüssel – und sämtliche Minister des Ländchens drangen in keilförmiger Ordnung voran, und die fürstliche Familie schleifte leicht hintennach. – – Die Langeweile, als die Königin des Balles, war bald hinten, bald vornen und flog wie eine muntere Hausfrau unter den Gästen umher.

Vierundvierzig Worte wurden zur Tafel geliefert und an fünfundvierzigtausend Seufzer – ich hatte Zeit zum Zählen der Lieferungen als der größte Seufzer-Lieferant. O ihr Deutschen, warum sprecht ihr so wenig, zumal am Hofe, und vollends die Vierreuter! Sprechen ist Wachen, Schweigen nur Schlaf. Wenn man in Neapel die Satisfaktion hat, zu erfahren, daß jeder Balbier und Schneider einen zweiten zum Fremden mitbringt, um, während er rasiert oder misset, ein Sprechmitglied, einen Turniergenossen der Redeübung zu haben – und daß sogar der Souffleur sich noch einen Zungenableiter und Mitlauter im Kasten hält: so weiß man nicht, was man in Deutschland zu dem allgemeinen Zungenkrebs und Lippenkrebs – nur der letztere ist eine Krankheit bei Menschen – sagen soll, und das ist eben wieder deutsch und stumm. Sobald der Deutsche mit seiner Historie fertig ist denn wie der Brite kein Frühstück ohne gedruckte Zeitung, so genießet überall der Mensch nichts ohne mündliche –: so kommt er gar nicht wie der Franzose erst recht ins ästhetische und philosophische Sprechen hinein, sondern er ist schon fertig mit allem.

Nur die drei Minister – so schreibt man Präsident, wenns mit großen oder Anfangsbuchstaben stehen soll – hatten den Mut (weil man sie haben mußte), zuweilen ein weises und langweiliges Wort zu sagen. Leute von Jahren und von hohen Ämtern exerzieren überall das Servitut der Langenweile, dieser Figurantin der Weisheit. Die Menschen machen es mit sich wie die Vogelfänger mit dem Hasenbalg, sie stülpen ihn zu einem *Eulenkopf* um (wie er auf Minervens Panzer sitzen könnte): dann fangen sie das leichtfertige Gevögel.

– Und *dem* fliegt Giannozzo so gern an der Spitze vor. Ich verfiel da wieder auf meinen alten Hotel-Spaß. Ich glaubte nämlich einiges Leben in die Eß-Konsulta zu bringen, wenn ich mich stellte, als entflöhe meines. Anfangs ließ ich einige nicht schrecklose Zuckungen über das Gesicht weglaufen; man sah sie sehr aufmerksam an; ich trug noch ein paar harte nach – und sank unversehens in die Ohnmacht. Ich wurde von einem Käferschwarm von Bedienten aufgefangen und umschnurrt. Da ich wieder auf den Sessel und zum Besinnen kam, fand ich zu meiner Lust den Diskurs allgemein. Ich mußte jeden aus der Angst des Rezidivs herausziehen, damit man mich nur sitzen ließe. Sooft nun wieder Mattigkeit einfiel und Tafeljammer: so lehnt' ich mich zurück und spielte auf meinem Gesicht mit matten Kräusel- und Anfangsbuchstaben von Versterben; aber ein schwacher Zickzack von Mienen reichte hin, alle zu beseelen und mich wieder aufrecht zu setzen. Die kahlköpfigsten Hofleute wollen sich – wie sie mir abermals schmeichelten – keines so amüsanten Diners entsonnen haben, als dieses durch meine mimischen Konfigurationen war. Ich selber wurde überhaupt allgemein gesucht, weil ich aus der Luft herabgefahren war und man mich wieder auffahren zu sehen hoffte. Abends im Novitätentempel – so hieß als Widerspiel des Antikentempels ein schlechter Speisesaal im Park – bracht' ich gar etwas in der Tasche mit, was die Gäste in so viel Feuer und Handlung setzen sollte als die Pucelle oder jede andere Muse und was ich auf dem Kirchturm, den ich deswegen zum Spaß bestiegen, eingesteckt hatte; – es waren ein paar Fledermäuse.

Es fiel darauf ein Land- und Lufttreffen zwischen den Froschrittern und Fledermäusen im Saale vor, daß der offizielle Bericht durchaus bekannt zu werden verdient, den ich an auswärtige Mächte davon aufgesetzt unter dem imposanten Titel:

Frosch- und Mäusekrieg im Novitätentempel zu Vierreuter

Als der Schelm Giannozzo eben vor dem warmen Suppenteller saß
und jeder andere auch: schlüpft' er heimlich mit der Linken in die
Tasche und holte unter der Chauve-souris-Maske des Schnupftuchs
unbemerkt (weil der Hof auf die Löffel sah) seine Fledermäuse hervor
und ließ solche unter der Tafel los. Wenige Sekunden darauf ging die
Lust-partie à la guerre an, die zweite Hof-Dame sah zuerst als Vorpost
und enfant perdu die fliegenden Drachen oben fahren und rief nicht
»wer da«, sondern wußt' es sogleich und schrie bloß: perdu, weil sie:
enfant ausließ. Die andern Damen riefen in zwei Sprachen: Himmel!
– wenige Herren: Hölle! – die meisten beides. Auf dieses Kriegsgeschrei
sprangen viele der meisten Krötenritter von ihren Sesseln auf und
wieder darauf hinauf und zogen ihre Hof-Raufer, um sich mit den
Mäusen auf Hieb und Stoß zugleich und sogleich einzulassen. Die
schwere Kolonne, deren Backen und Bauch am Hofpol wie Wasser im
Frost konvex geworden waren, erwartete den Feind auf dem Fußboden
und hielt die Hüften-Bajonette vor. – Das Bedientenvolks-Aufgebot
rannte aufgebracht umher, die meisten schlugen mit der Fahne der
Serviette, womit sie den Teller gehalten, nach den fliegenden Corps,
wenige mit den breitgedrückten Halbpfündern von Tellern. – Bloß ihr
Chef, der alte ernste, hinter Stühlen grau gewordene Haushofmeister,
stand vom Schrecken halb erwürgt und von seinem Verstande verlassen
da und versuchte gegen beide Unglücksvögel einige schwache Luftstrei-
che mit dem Säbel des Trenchiermessers, die man jedoch als Komman-
doschwenkungen auf der vorteilhaftern Seite nehmen konnte. – Nur
der Generalissimus und Frankenmeister nahm mit einem unbegreifli-
chen Mute (der ganze Hof ist hier der Nachwelt der beste Bürge) noch
ganz gefasset fünf oder sechs Löffel Suppe zu sich, während diese schon
eine soupe dansante geworden und das Treffen allgemein, die Ministers
aufgestanden und die meisten Weiber und Kammerjunker schon ent-
flohen waren. – Für einen Mann dieses Muts war es, auch wenn er
nicht der Kommandeur des Froschordens wäre, wohl nichts weiter,
als was sich von ihm präsumieren lässet, daß er den Löffel weglegte
und sich, mit nichts als einem Hasenbrecher in der Hand armiert,
mitten ins dickste Gefecht mit dem Flügelwerk begab. – Von dem
Schelm Giannozzo muß man doch das Gute sagen, daß er die Fürstin
als die Schachkönigin deckte als Turm, vor ihr auf einem Stuhl postiert
und mit einer Gabel die Mäuse parierend; ja es schreibt den Schelm
in die Rubrik großer Helden ein, daß er vermögend war, mitten unter

den Schwertern zu raillieren, das Treffen ein Schifferstechen und dergl. zu nennen und seinen eignen Krötenorden nur wenig zu schonen.

Da nun der selber zu seiner prätorianischen Kohorte abreisende Frankenmeister sich an die Spitze der Frosch- und Krötenmäusler setzte: so wirkte er, wie Ziskas Haut auf der Trommel, auf sein Heer; – es entstand ein Handgemenge ohnegleichen – die Krötenritterschaft nahm sich zusammen, und das Flugstechen fing nun erst, da die Ritter bisher öfters vom Geflügel überflügelt worden und der Übermacht gewichen waren, recht erbittert und glücklich an. – – Wahrlich das jetzige Geschrei der Weiber das Blinken der Stoßgewehre – das Flattern der Fahnen und Mäuse – das Sturmlaufen der Froschmäusler – das Stehen der drei Minister, die den Flug der Vögel beobachteten als Augure – der erwürgte sinnlose Haushofmeister mit dem Messer, der noch schwenkte – das alles zusammen formierte ein Schauspiel, dergleichen man im Novitätentempel zwar kein braveres, aber auch kein terribleres je gesehn hat, ausgenommen etwan sein Ende. Denn der Ordens- und Obergeneral war so glücklich, den rechten feindlichen Flügel mit dem Hasenbrecher unter sich zu bringen und solchen wirklich zu erstoßen; worauf sich sogleich – weil in derselben Zeit der Schelm Giannozzo den linken Flügel an dem rechten der Maus in geschickter Stechweite mit seiner Gabel aufspießte und so alle Gefahr vorüber war – der sämtliche Hof in corpore zu dem Sieger und der Maus hinzudrängte und jeder ihm wie an einer Geburtstags-Cour seine Glückwünsche abstattete. Aus dem lebendigen Gefangenen an der Gabel und dessen Krummschließer wurde, wie es schien, weniger gemacht, und der besagte Schelm mit seinem Vogel schien nur den roten Adler zu tragen an ihr, Serenissimus aber den schwarzen.

Ende des berühmten vierreuterischen Kriegs

Nach den Krötenritterspielen stand die Lust wie ein langes Morgenrot über der Tischgenossenschaft. Sie wollte noch ein Abendrot dazu haben, nämlich meine Auffahrt in der Nacht; und ich wurde daher allgemein geachtet, wie es Menschen pflegen. Ich sah oft »liebenswürdige herrliche Gesellschafter«, die es darum waren, weil sie wie Hähne krähen, oder fünf Kartenkünste machen konnten, oder weil sie einen Pudel mit hatten, der halben Menschenverstand besaß; so wurden meine beiden besten Kugeln, die im Kopf und die in der Brust, bloß durch die ärostatische gehoben. – Zur Belohnung bat ich den Hof, nach meiner Auffahrt eine Stunde lang achtzugeben, ich würde oben unter den Sternen dreimal den Novitätentempel umkreisen und mich senken.

Ich ging ins Wirtshaus und fuhr auf – und davon.

Dritte Fahrt

Das Fisch-Eden – das Saturnianer-Land – das Dörfchen Dorf

Den wahren Himmel auf Erden, sagt' ich oft, besitzt wohl niemand als ein Seefisch. Wär' ich einer, z.B. ein Haifisch, so könnt' ich unter dem Eishimmel des Nordpols hervorbrechen, vor der kalten Zone vorbeischwimmen, dann vor der gemäßigten und am Gleicher halten und wie andere Normänner Menschen rauben – und dann meine Reise um die Welt fortsetzen. – Ich hätte überall etwas zu fressen, nämlich meine Wasser-Sassen, die Stockfische, und wo ich fröre oder schwitzte, säh' ich mein gemäßigtes Klima unter den Floßfedern, in das ich untertauchen könnte. Welches herrliche, freie, weite Reich, worin wir Hai- und andere Fische neben einigen gestrandeten Weltteilen und Inseln, wovon die wenigsten schwimmen, leben ohne Blitz und Überschwemmung, ohne Dürre und Mißwachs und ohne Fischseuche! –

Fast wie einem solchen Fisch im Wasser war mir gestern nachts in der Luft, als ich herauskam aus dem Novitätentempel, welche lüftende Freiheitsluft gegen den Kerkerbrodem unten! Hier ein rauschendes Nachtluft-Meer, drunten ein morastiges Krebsloch! Ich machte die Sänftenfenster dem frischen Luftzug auf und blies vor Lust mit meinem Posthörnchen hinaus. Drunten auf meinem zurückgelassenen Meersboden stieg ein Dieb in eine Kirche ein – unweit davon stieg ein Mönch aus einem Kloster als Selbstdieb heraus – in den Wald liefen Wilddiebe – auf dem Felde Wächter gegen das diebische Wild – ferner Reisende – Sentimentalisten u.s.w. Was ging mich das tiefe Volk an? – Ich ging zu Bette.

Saussure klagt schon über die Schläfrigkeit auf Höhen; auf meiner gedeihen die Mohnköpfe noch besser. Ich erwachte erst, da ich schon über dem Saturnianerlande schwebte. Es verdient seinen schönen Namen, da wirklich Saturns goldnes Alter sich da noch aufhält. Der Hof,

941

der Hofprediger und die Kammer sagen es dem Fürsten an Geburtstagen, weil sie das Land mehr bereisen und kennen als er. Wenn je ein saturnianisches Lustrum so auf der Erde weilte, wie Hesiod es beschreibt – sagen sie und schlagen den alten Sänger auf –, eines, wo die seligen Menschen ohne Ackerbau, ohne Gold und ohne Fleischessen lebten: so ists hier in unser Land versteckt; wo ist, fragen sie, hier mühsamer Bau des Landes, das alle seine Gaben freiwillig gebiert, die freilich nicht von jedem zu genießen sind? Wo wird weniger Blut vergossen und Fleisch gegessen als da, wo fast gar kein Viehstand ist? – Und was das Gold anbelangt, das eben in goldnen Zeitaltern erweislich nur im Namen steckt, so haben wir die echtesten *Papiere* in Händen, um das Alibi desselben zu dokumentieren; denn das Blei, das unlegiert im Lande rouliert, ist eben die rechte Gedächtnis- und Krönungsmünze des Saturns, den die Chemiker einmütig zum Namenszug dieses Metalles aufgestellt. In andern Ländern wird oft eine Regierung die glückliche unter dem Saturn genannt, weil dieser, wenn nicht seine Landeskinder, doch seine apanagierten Prinzen vor Liebe aufzuessen suchte.

942

Mittags fütterte ich im saturnianischen Dorfe »Dorf« sowohl mich (freilich mager genug) als das ganze Dorf für 2 Taler 48 5/8 Kreuzer ab. Sämtliche Dörfer kamen vor Erstaunen über die Mildtätigkeit eines so reichen Herrn – da der goldhaltige Paktolus sonst nur von unten, wo er entspringt, hinauffließet, ich aber gerade so viel verschenkte, als der Graf zu Wied-Runkel als seinen Anteil für Niederisenburg-Gränzau zum Kammerzieler[7] gibt – und über den famösen Geldhaufen von drittehalb Talern, der in lauter Albus vor ihnen lag – ich sage, sämtliche Dörfer kamen teils vor Erstaunen darüber und teils vom Getränk halb von Sinnen.

Abends fraß ich in Wien.

Ich mag heute nichts mehr schreiben.

---

7 Fabris Geogr. für alle Stände I.T.I.B. Seite 538.

Vierte Fahrt

Der Wiener Schub – das Schul-Pferd – Herr v. Fahland – die
sentimentalischen Spitzbuben – das schlimme Rotonden-Loch

Der Siechkobel stieß noch vor tags vom Lande ab, weil ich erst in
Wien gewesen. Ein fataler satirischer Südwind trieb mich aber so, daß
ich oben gerade mit dem »Wiener Schub«[8], dem Vagabonden-Florile-
gium, parallel fahren mußte. Österreich frankiert dieses Provinzialkon-
zilium an Baiern – dieser Kreis akzeptiert die ostindische oder europäi-
sche Kompagnie von Selbstpanisten als Transitogut und verführt es
nach Schwaben – Schwaben behält die Mission, die wie ein Steppen-
feuer den Kreis ordentlich unter sich verteilt und besetzt, so daß   943
nachher die Kolonisten und Emissarien einzeln zusammengesucht und
aufgehangen werden. Schwaben kann man, insofern diese Metastase
der Krankheitsmaterie des Reichskörpers dahin geschieht, nach der
Analogie der Ordenslandkarten, die ein Benediktiner-, ein Jesuiten-
deutschland etc. haben, als ein Vagabundendeutschland mappieren.

   Da der Wind mehr gerade ging als der Schub: so konnt' ich bald
divergieren und bei einem Postmeister einkehren, dessen Sohn zu
nichts taugt als zu seinem Sukzessor. Er ließ mich sein englisches Pferd
im Stall besehen und betasten, das sich auf Hutabziehen, Totanstellen,
Küssen, Verbeugen versteht. Ich setzt' ihn zu Rede, warum er nicht
dem guten Vieh die Erziehung seines Sohnes anvertraue, damit dieser
den Fuchs als seinen Ober-Hof- und Konduitenmeister und Schulfuchs
ritte. Der Mann ist selber nicht weit her; sonst könnt' er das Kunst-
und Musenpferd, das sich so allmählich tot anstellen kann, auch in
die Tragödienproben des Pestitzer Theaters reiten, damit die Akteurs
vom Fuchse sterben lernten, um zu leben.

   Der ganze Tag verdiente überhaupt gar nicht, daß man ihn durch-
lebte; und am Abend ärgerte mich noch dazu der Abend. Kurz vor
Sonnenuntergang sah ich die Stadt Mülanz[9] kaum noch 6 Meilen ent-
fernt; »ich kann im Neste pernoktieren«, sagt' ich, »da ich mit so gutem

---

8   Jährlich geht von Wien ein solcher Galgenvögelstrich wie andre Vogel-
     striche zweimal ab.

9   Auf den Karten heißet sie *****

Rückenwinde darauf lossegle.« In der Nähe des Parks, über welchen weg ich in die Stadt fahren mußte, ging im Mondenschimmer Herr v. Fahland (schon ein fataler Name!) mit einem ganz schwarz eingekleideten weiblichen Herzen. Ich kenne – und segelte ich über der höchsten Wolke – Fahlanden am Gange der Arme gleich; er ist in Mülanz Zensor des ästhetischen Fachs. Gott geb' ihm noch heute eine höllische Nacht! O ihr schwachen Weiber, welche von euch, wenn man die gute alte, immer treu und jungfräulich bleibende Abbeville[10] aus Billigkeit ausnimmt, hält das größte Feuer aus, das man auf sie gibt, nämlich das poetische? Pulsiert nicht hinter eurer falschen Brust aus Wachs – wie jetzt symbolisch Mode wird – ein ähnliches Herz aus Wachs, das sich nur fest und unverändert erhält in der Kälte, das aber vor der männlichen und poetischen Flamme herunterrinnt, die mit der Spitze gen Himmel zeigt, obwohl mit Grundfläche und Nahrung auf der Erde aufsitzend? –

Die sinnlichen, ehrlichen Roués in Frankreich hatten sonst 365 Weiber in *einem* Jahre, aber doch *nach*einander; aber die poetischen Rouants (diese Seelen-Radebrecher) haben ebenso viele auf einmal zu derselben Zeit und heißen das Simultanliebe, über welche J.P. in seinem Hesperus unverantwortlich leicht weggeht. Ich, Giannozzo, vierreuterscher Frosch- und Frankenritter, muß zwar in manchen Punkten so gut auf meine Brust schlagen als in unzähligen auf fremde Rücken, und es wird niemand, dem ich oft in Paris oder Wien begegnet bin, auf meinem Grabstein hypothekarische Versicherungen einhauen lassen, daß ich ein Tugendspiegel gewesen; aber wahrlich ich beging allzeit meine Todsünde und damit schabab; nie hingegen, nie blies ich ein armes dummes Herz mit Äther auf und ließ den Globen an meinem Faden bald hoch, bald niedrig fliegen und tat zuletzt einen derben Schnitt hinein, daß es mir als ein welkes Häutchen vor die Füße niederfiel nach langem Ziehen, Schwellen, Weinen, Irren und Zagen, und seiner und meiner satt. – –

»Aber du, Fahland, Fahland, hast du nicht acht Bräute in vier Städten und heiratest die neunte in der fünften? Und was hast du so spät im Park mit der schwarzen Schleier-Eule vor?« so sagt' ich oben und sah zu (mit dem Kriegsperspektiv), was er machen wolle.

10 Semper fidelis hieß diese Stadt wegen ihrer Untertanentreue, und Jungfer, weil sie nie erobert worden.

Auch wußt' ichs voraus. Er steckte ein Buch in die Tasche, ganz entschieden einen Roman und wohl gar von dem aus *Feucht*-Wangen[11] gebürtigen Jean Paul; pagina jungit amicos, d.h. eine oder ein paar Seiten aus einem Zähren-Buch kopulieren Seelen und ihre Leiber, oder Kuppelpelze. Asserit A, negat E, verum universaliter ambae; d.h. er bejaht Liebe, sie verneinet sie, aber beide nur so ins Blaue hin, aus dem ich eben herniedersah. Beide gingen wie mein Rückenwind, wie es schien, einer Rotonda zu, in welche nirgends einzuschauen ist als durch ein großes Loch von oben. Fahlands Zeigefinger war eine Hand in margine für das Buch der Natur; sein Herz hatte wie ein Hühnerauge Gefühl für das schöne Wetter, und er fuhr mit den Mautners-Suchnadeln seiner Empfindungen in alle Schönheiten der Natur, in Sterne und Käfer. Fahland, wie seine ganze Diebesbande, hält das Abendrot und ganze Haine bloß als Springwurzeln an das weibliche Herz, damit dieses Vorlegeschloß der Person aufspringe; mit der Erdkugel und einigen Himmelskugeln und der zweiten Welt beeren sie die Schlinge für das dumme Schneußvögelein vor.

945

Es charmierte mich, daß der Zensor im ästhetischen Fache auf der empfindamen Reise zur Rotonde verblieb; ich half oben dem schwachen Wind mit Rudern nach als dessen Vorspann. Der Zensor ließ schon die Korsarenflagge, das weiße Schnupftuch, flattern und trocknete seinen Augapfel; die Schwarze steckte die weiße auf und trocknete damit auch. – O guter Himmel, treibe sie in die Rotonde und mich oben gerade über das Loch! – Man nehme solchen Zensoren in ästhetischen Fächern das Unglück und also die Klage darüber: so hat man ihnen ihr Liebesglück genommen; wie an dem Räucherstecken der Speck der Schweine, die in die Buchmast gegangen, so tropfen Tropfen dieser Art unaufhörlich und höhlen sich das Herz aus, worauf sie fallen. Ich habe ein Mandel davon beiderlei Geschlechts aufgerechnet, das jetzt ganz verdrüßlich und erkältet wird durch zärtliche Musik, bloß weil das Mandel die besten erotischen Qualen längst verscherzet hat und

---

11   Solche Wortspiele oder Spielworte, die der Handwerksgruß von Giannozzos Gewerkschaft sind, hab' ich niemals außerordentlich hoch angesetzt. Auch hab' ich oben eine ganze lange mokante Stelle weggelöscht, wo er bloß gegen die Leserinnen und die Ehrensäulen feuert, die ich ihnen hin und wieder aufgerichtet. D. H.

sich also aller Verluste verlustig sieht, denen etwan in klagenden Arien nachzuweinen wäre.

Das Schnupftuch – dieses Geifertüchlein bärtiger Kinder – ist die beste Herzensfloßfeder, die ich je an solchen Fischen gesehen; die Mädchen sind wie Kalk, den der Freskomaler so lange bearbeiten und bemalen kann, als er naß ist. O warum bin ich nicht der Teufel oder seine Großmutter, um solche Neptunisten – die zu Vulkanisten zu erbärmlich sind – abzuholen und abzutrocknen in der Hölle? –

Der halbe Mond stand mitten auf der Himmelsmoschee wie ein türkischer. Das Paar sah sich nicht um, sondern nur nach dem Mond, der wie ein Juwelenschmuck über dessen Haaren stand; es nahm also geblendet mich und meinen nur noch 100 Schritte von ihnen gehenden Weltkörper nicht wahr. Es war so wind- und landstill, daß ich Fahlanden hinaufhören konnte, da er sagte: »Die Gewalt des ungeheuern Schicksals, Edle, etwa? – Nein, dagegen bin ich löwenstark, sobald nur mein Herz an deinem klopft.« Dieses Zusammenklopfen möchte schwerlich – ohne verrenkte Gruppierung – tulich sein, es müßte denn eines von beiden Herzen rechts vorgeschoben werden.

Endlich besah er den Mond und fragte ihn – oder den bekannten Mann im Mond, wenn er nicht den Mann unter demselben meinte, nämlich mich –, ob er (der Mond, oder der Mondmann oder ich) vielleicht so still und heilig glänze, weil er mit ihm schwelge und leide und wandle. »Ich will dich aber allein und abgesondert anschauen, du Heiliger, in deinem Tempel; komm du mit, du Heilige!« Mit diesen Worten, womit er sich und das einsame Besehen des Monds durch das Rotonden Spundloch introduzierte, war er mit der Schwarzen in den Tempel hinein. – Ich fuhr oben nach.

Matrosen, wie sie sein sollten, wofür dieser Almanach geschrieben, braucht die unsägliche Mühe nicht langweilig abgemalt zu werden, die sich ein Luftschiffer geben muß, wenn er den geizigen Wind – die waagrechte Ferne – die steilrechte – das Öffnen beider Lufthähne – und den Bogen, den er halb sinkend, halb wie eine Bombe zwischen beiden Fernen beschreibt – gerade so berechnen will, daß er zuletzt auf einmal (die Hähne sind ganz aufgedreht) in das Rotondenloch hineinschließet. Verdammt! ich schoß freilich so und ankerte; aber nie verfluchter. Ich blieb mit meiner Sänfte im Introitus stecken, der sie zwischen den beiden Türgriffen so in der Mitte fing, daß ich nicht aufmachen und mich durch Auswurf einiges Ballastes wieder aus dem

Schweißloch heben konnte; – ich hatte meinen Ballon gleichsam als eine Peterskuppel auf diesen Tempel gebauet.

Vor allen Dingen sucht' ich mehrere Bannstrahlen aus meinem Souffleurloch auf das mäuschenstille Paar hinunterzuschleudern, eh' es davonlief, und drückte mich in der Sänfte so aus: »O mein Herr Zensor im ästhetischen Fach, der Passagier, der hier in der kläglichen Fassung über Ihnen schwebt – ich meine nicht meines Geistes, sondern des Mastkorbes seine –, kennt Sie sehr gut und hat in der Luft alles gehört und behorcht. Sie Heuchler! – Springt man so um mit Gänslein, wie ganz gewiß das schwarze da unter mir in der Rotonde ist? – Braucht man das Herz zum Diebsdaumen – den Pegasus zum Schieß-pferd gegen diese einfältigen Trappen – und die schöne Nacht zum Nachtgarn und den Sternenhimmel zum Lerchenspiegel? Herr Feder-schütz! Stellet ihr Spitzbuben nicht den Mond als Tellerfalle der Nymphen auf und den Regenbogen als Sprenkel? – Ich vermische die Anspielungen, aber ich frage jetzt den Teufel nach Stil, Herr Zensor, aber nicht morum! – Und die Tränen-Stückgießerei! und das eigne Herz, das ihr so zerschnitten vormalt, wie es sonst die Hosen der Vorfahren waren. – – Magdalene sündigte doch, um zu weinen, aber ihr weinet, um zu sündigen, eine teuflische Antithese, aber im Handeln! – Wollte Gott, ich könnte mich nur aus der verdammten Schießscharte, in die ich bloß hineinfeuern muß, hinabmachen. – Sie sollten mich kennen lernen. – – Warum defendiert sich niemand drunten? – Wo stehst du denn, stiller Spitzbube?« –

Aber da ich zufällig einen Blick über den Park warf, stieg das begos-sene Paar schon weit von mir und meiner Hängekanzel über einen mondhellen Hügel hinüber. Ich schlug daher – weil ich nicht die ganze Nacht in dem Predigt-Eingang hängen wollte – ein Sänftenfenster ein und kroch aufs Dach heraus und war im Zorn gleichsam ein aufs Haus gesetzter roter Hahn. Erst nach langem Toben konnt' ich mir den Park-Inspektor erschreien, der mich gern, da er mich so sitzen sah, auslachte und herunterholte. –

Fünfte Fahrt

Herr v. Gehrischer – die Mülanzer – Plan zu einem Galgen-Jubiläum samt der Jubelrede

Wer könnte einen Tag lang unter den Mülanzern aushalten, wenn er nicht sein Kajüte-Fenster zum Glaser schicken müßte? Herrn Gehrischer, einem Hotel-Bekannten, dem ich in Europa wenigstens dreißigmal entgegenkam, tat ich die Ehre an, sein Gast zu sein zu gleicher Zeit mit zwölf andern. Niemand kann nach jemand weniger fragen als wir beide nach einander; »Giannozzo ist ein sehr pläsanter Hanswurst, gewiß nicht ohne Talent, aber dabei maliziös und impertinent!« sagte er; ich sage, von Gehrischer ist der Stellvertreter der Menschheit. Aus seinem Kopf voll Sprachen und Kenntnisse – aus seinem Stammbuch voll großer Namen – aus einem Bilderkabinett, einem Musikzimmer, einem Büchersaal und Geldkasten, aus allen diesen Perlen der Menschheit setzt er doch nur eine abgeschabte passive Figur wie einen Nußknacker zusammen, der nur andern die Kerne reicht, ein Ding, das (seinesgleichen ausgenommen) nichts macht, kein Werk, kein Glück, kein Unglück, nicht einmal einen Streich. Durchstreicht diesen lebendigen Gedankenstrich, ihr merkt die Korrektur nicht, weil der längere Strich noch da ist. Wie gesagt, er ist der Taschenspiegel der Menschheit. – Hell steigt der Genius vom Himmel nieder, und das Gewölke erglänzet weit, wenn er es durchdringt; und der ätherische Geist berührt die Erde: da verwandelt sich alles – die Felsen gehen auf und zeigen stille große Gestalten – auf die Leinwand und die Mauern fällt der Widerschein von fernen Göttern und ihren Himmeln – alle Körper erklingen, Sehne, Holz und Gold, und die Luft durchfliegen Lieder –; aber die dumpfe Menschenherde hebt ein wenig den Kopf von der Weide verwundert auf und bückt sich wieder und graset weiter; nur einige werden geheilt und knien verklärt.

Was die Mülanzer anlangt, so treibt dieses ruhige Chor und Käugelag kein Gott von der Gemeinhut; wollt ihr sie aber näher taxieren, ohne euch um mehr als drei Pfund zu verrechnen? Kommt mit mir zum großen Ball, den Gehrischer ihnen heute gab. Ganz Mülanz von Stand ist da, ob er gleich etwas darin setzt – das ist sein einziger Posseß-Titel des Werts –, daß er, wie die alten deutschen Bücher, ohne Titel bleibt.

949

Wie es einen gelehrten Adel gibt, so gibts einen goldnen, der für den *tafelfähigen* offne Tafel halten kann.

Sie kamen, sahen und siegten – über alles, was sie erwartete auf den Tischen. Himmel! es waren aufgeklärte Achtzehnjahrhunderter – sie standen ganz für Friedrich II., für die gemäßigte Freiheit und gute Erholungs-Lektüre und einen gemäßigten Deismus – und eine gemäßigte Philosophie – sie erklärten sich sehr gegen Geistererscheinungen, Schwärmerei und Extreme – sie lasen ihren Dichter sehr gern als ein Stilistikum zum Vorteil der Geschäfte und zur Abspannung vom Soliden – sie genossen die Nachtigallen, wie die Italiener andere, als Braten und machten mit der Myrte, wie die spanischen Bäcker mit der andern, den Ofen heiß – sie hatten die große Sphinx[12], die uns das Rätsel des Lebens aufgibt, totgemacht und führten den ausgestopften Balg bei sich und mußten es für ein Wunder halten, daß ein anderer eines annimmt. – Genie, sagten sie, verwerfen wir gewiß nie, nur feil's – und nur für *ein* Ding brennt ihr frostiger Geist, für den Leib; dieser ist solid und reell, dieser ist eigentlich der Staat, die Religion, die Kunst, und diesem diene die Berliner Monatsschrift. – –

O wie mir dieses blankgescheuerte Blei der polierten Alltäglichkeit, dieses destillierte Wasser, dieser geschönte Landwein ein Greuel ist! – Ich bin ohnehin schon längst die seichte Menschheit durchgewatet und ein Misanthrop der Köpfe weit mehr als der Herzen[13] geworden, weil am Ende jeder Kopf uns mit seinem Ufer und seinem Meersgrunde erschüttert und erschreckt; aber nun gar ihr allgemein-deutsch-bibliothekarischen Menschen, ihr Kopiermaschinen der Kopien, die ihr nie-

950

---

12   Bekanntlich lud Ödip das getötete Tier auf einen Esel u.s.w.

13   Denn das Herz ist unendlich und ewig-neu. Wir können uns an den größten Schönheiten und Wahrheiten Übersättigen und ihnen Reiz und umriß durch den Genuß zerdrücken, aber keine schöne Tat kommt uns veraltet oder zu oft, und über den moralischen Zauber und Genuß herrschet keine Zeit. Diese seelenstärkende Unveränderlichkeit bauet sich nicht nur auf die Grenzenlosigkeit des freien Herzens, sondern auch auf die eigne Einrichtung unserer Natur, daß wir die moralische Schönheit und Freiheit und das Verdienst nur außer uns finden und also *lieben* können, in uns aber nur moralische Wahrheit und Notwendigkeit antreffen und *billigen*. Ich werde einmal diesem, unsern ganzen innern Menschen und Lebenslauf durchziehenden Unterschied näher nachfolgen. A. d. H.

mals ahnet und nichts erratet als Ebenbilder, wie selig seid ihr; denn wenn Madame des Houlieres in ihren Idyllen schon einen mouton glücklicher preiset als einen Menschen: wie muß es erst einer sein, der beides zusammen ist! –

Doch fehlet es den Mülanzern nicht so sehr an ungemeinen Menschen, daß nicht von Zeit zu Zeit einige gemeine aufständen, welche mit der Fichtischen Schule Klagen über den Überfluß an Trivialität repetierten; selber auf dem Gehrischerschen Balle hopseten drei dergleichen Titus-Köpfe mit; so mangelt es auch in Piemont an Hunden nicht, an welchen ebensogut Kröpfe sitzen als an den Piemontesern, noch in Asien an Affen mit Pocken der Menschen.

Morgen – das ist das einzige Erfreuliche – feiert in einer langen bürgerlichen, kanonischen, militärischen, adeligen Prozession Mülanz seine Belehnung mit der Stadtgerechtigkeit vor 100 Jahren. Da nun die Deutschen nichts Seelenloseres, Langweiligeres, Kälteres, Kanzleimäßigeres, Schlafröckigeres haben als – ihre Komparativen ausgenommen – ihre Jubiläen, Prozessionen, Krönungs- und andere Feierlichkeiten: so sitz' ich noch so spät in der Nachmitternacht, wo ich dieses schreibe, ein wenig auf und verfasse etwas Spöttisches, das ich, wenn ich morgen absichtlich durch mein publikes Ab- und Aufsegeln dem Jubel dazwischenkomme, auf den langen Zug herunterwerfen kann, adressiert an den Magistrat des Orts und lautend, wie folgt:

Flüchtiger Plan zu einem Jubiläum des Mülanzer Galgens

Eine Stadt und ein Galgen sind – nicht bloß topographisch – so nahe aneinander, daß alle Kriminalisten diesen nur für die fernste Pforte und Vorpost derselben ansehen; sein Pilaster-Dreizack ist die trinomische Wurzel der städtischen Sittlichkeit und bildet die drei Staatsinquisitoren, auf denen alles ruht.

Wer einen Galgen sieht, erfreuet sich, weil er weiß, daß eine Stadt sogleich nachkommt nach diesem dreibälkigen Telegraph oder sechseckigen Bierzeichen derselben.

Daher glaubt ein ganz fremder Herr – der morgen schon über die jubelierende Kette hinfährt –, den Anteil, den er am untern Jubel nimmt, nicht am schlechtesten dadurch an den Tag zu legen, daß er auch zu einem Jubiläum des Galgens – dieses so nahen Balkenvorsprungs und Heiden-Vorhofs der Jubelstadt – der Orts-Obrigkeit als Andenken folgenden schlechten Vorriß hinterlässet und herunterwirft:

Die Prozession zum Jubelgebäude formiert sich unten am Rathause und bricht in folgender Stufenfolge auf: Zuerst gehen die Spezial-Inquisiten, weißgekleidet und in der von der Realterrition beizubringenden Meinung, man knüpfe sie auf; ja den reifsten kann man wirklich dazu nehmen. – Hinter ihnen kommen sämtliche General-Inquisiten beiderlei Geschlechts; die Hand- und Faustzeichnungen der seit 100 Jahren in effigie Gehangnen hängen ihnen als Medaillons auf der Brust. – An diese schließen sich an (es soll ihre Ehre nicht versehren) die bisherigen Statisten im Pranger, da dieser von den größten peinlichen Geistern nie für etwas anderes angesehen wurde als für die Stiftshütte und Sakristei zu dem auf der nordischen Säulenordnung stehenden Jubel-Pantheon.

Dicht hinter ihnen schleichen die Fiskale und Defensores, mit langen Papierrollen in der Hand, gleichsam als wollten die Edeln an diesem feierlichen Tage amtieren, nämlich anklagen und verteidigen.

Es wird das Einerlei unterbrechen, wenn zwischen den Statisten und den Advokaten ein Artillerietrain von 300 Festungs-Karren auffährt, worauf die Kriminalakten des Säkulums aufgeschlichtet liegen. Die Bagagewagen können – wenn die Abkunft auszumitteln ist – von den Deszendenten *der* Kühe gezogen werden, deren Haut sonst über diesen Jubelweg gezogen wurde.

Die malefizische Obrigkeit seh' ich jetzt dahinziehen. –

Verurteilte Gassenkehrer laufen von Zeit zu Zeit zwischen alle und fegen gewandt – sie wollen den Jubel heben.

Nach der Fraisherrschaft erwart' ich das peinliche Offizialat, die maitres des hautes oeuvres und die maitresses – einige alte corpora delicti – Diebsdaumen – zerbrochene Stühle und Bänke – Brecheisen, und was, beim Henker! sonst noch als Attribut etwan schmücken und ergreifen kann. Denn soll ich alles vorreißen, so ist man dumm.

Der Fraisdienerschaft tritt die Schuldienerschaft auf die Ferse – dieser die Geistlichkeit – dieser der Magistrat – und am Ende, was Beine hat und einen Begriff davon, was Galgen-Jubiläen bedeuten. –

Es würde vernünftig und symmetrisch sein, wenn dem vordern abstoßenden, aus den Spitzbuben formierten Pole der Jubelsuite hinten einer korrespondieren wollte, der anzöge, aus Hasardspielern gemacht, so daß (wenn ich zierlich reden darf) der lange Jubelstab an beiden

Enden magnetisch geschlagen wäre, in der Mitte aber indifferent; allein die Spieler werden nicht aus der Mitte wollen.

Unaufhörlich hört man läuten mit dem Armensünderglöcklein, aber nicht mit allen Glocken.

Langt der Zug am Galgen an: so windet sich die Blumenkette als ein Kränzchen um ihn und nimmt ihn in die Mitte unter unaufhörlichem Rufen: er lebe! Die Stadt-Soldateske gibt drei Salven. Oben zwischen den drei Pfeilern hält auf einer Leiter schon der Galgenpater, der die Jubel-Leute längst erwartete, um sie mit folgender Jubelrede zu empfangen, die ihm wahre Ehre macht:

»Teuerste Jubelseelen!

Die wichtige Stätte, wo ich stehe, ist das Thema meiner Kasualrede. Wir haben uns alle versammlet, um die drei Pfeiler, zwischen denen ich rede, als die Eckpfosten unserer Sittlichkeit, als die Karyatiden, welche das Staatsgebäude halten, zu ehren durch ein jubilierendes Betragen. Wie leicht wird uns allen Redlichkeit und Achtung des Eigentums durch den täglichen Anblick dieser *Hermes*-Säulen, dieser führenden Wolken- und Feuersäulen der Kinder Israels! Alle Stadtkirchen scheinen nur die Filiale zu dieser Rotunda mit drei Türmen zu sein, welche, wie eine Zitadelle, für die Stadt und deren allgemeine Sicherheit und Tugend wacht. Bei der ausgebreiteten Begierde, gleich Schwangern zu stehlen, – welche sich auf uns von Kindern und Wilden vererbt – tut uns ein öffentlicher Ort wohl, wo Mumien hängen, die anders als die ägyptischen bei Gastmählern unsere Gesetzprediger und frères terribles sind.

Ja sogar beinharte Seelen, wie solche, die ich an der Spitze des Jubelkondukts marschieren sah, setzen sich in fromme um, wenn sie dieses offne Bethaus betreten und da ihre Andacht verrichten. Wenn ich nachher die Matrikel der büßenden Brüder verlese, die seit 100 Jahren hier ihr steilrechtes Erbbegräbnis gesucht und gefunden haben: so wird man nicht sieben finden, die zum Teufel fuhren; alle andere wurden nach den gewöhnlichen kriminalistischen Pönitenzen – ich meine die Ohrenbeichte des Spezialverhörs, das Geißeln (aber von fremder Hand), das Kerzenhalten (auch in fremder) – hier in dieser peinlichen Mission ganz umgekehrt und wiedergeboren, wandten sich auf der Stelle um, schlugen den rechten engen Weg ein, der freilich in wenig Minuten

953

aus war, und wurden unter dem Beten, wie Loyola[14], ordentlich empor-
gezogen. – – So konnten sie leicht als Gesetze ad valvas (hujus) templi
affigiert bleiben.

Diese Wiedergeburt erfolge nun, wovon sie will – es sei davon, daß
alle Höhen wie die Berghöhen den Menschen läutern, oder daß das
Luftbad, worin der Badgast hängt, den Wasserbädern gleiche, welche
auch den innern Menschen abwaschen[15] –: so würd' es alten Sündern
von Stande ebenso guttun und sie ebensogut umschmelzen, als ob man
sie in eine Kapuzinerkutte vor dem Sterben steckte, wenn man bloß
den Strick vom Kapuziner nähme und sie daran hier vor ihrem Ende
befestigte; und wer sollte ihnen das nicht mit mir wünschen?

Betrachtet diesen Dreizack, der das Land beherrscht, und zählt unter
den Mülanzern, die er seit einem Säkulum bei Ehren erhalten, beson-
ders drei Klassen, die Fallierer, die Nachdrucker und die Spieler. Der
Dreizack macht, daß die *Bankeruttierer*-Firma – ob sie gleich die
Reichsgesetze[16] sonst unter die Diebe rubrizieren – nicht wie diese auf
Chausseen mit Pistolen und auf Leitern an Fenstern stehen muß (was
doch immer so äußerst mißlich für Ehre und Leben ist), sondern zu
Hause bleiben und auf die anständigste und die sicherste Weise im
Schlafrock und Komtoir die Seelenkraft, welche die Philosophie das
Begehrungsvermögen nennt, völlig entwickeln kann, indem sie durch
eine dem Papier-Adel ähnliche Papier-Kaperei ein Handelsfreund von
jedem wird; Freund sagen sie mit den Griechen des Wohlklangs wegen
statt Dieb. Nach einiger Zeit lässet der fallite Handelsfreund, anstatt
in Häuser einzubrechen, sie bloß fallen, und anstatt viele fremde
Kaufläden aufzusprengen, schließet er bloß seinen eignen zu. Nun hat
er (der Staat bemerkt es mit Wohlgefallen, wie schon der alte Deutsche
und fast alle Wilde Raub außer Lands vergönnten) wie ein inländisches
Lotto fremdes Geld und Gut ins Land gezogen. Er wartet noch eine
kurze Zeit, bis der Gerichtshof ihm die bulla compositionis[17], gleichsam
den Retour- Kaperbrief, ausgefertigt, und dann zieht er sich – er

14   Von ihm und andern erzählt man, daß ihr Körper während der Andacht
      in die Höhe schwebte.

15   Wie man sonst glaubte, daher sie auch Seelenbäder hießen.

16   Quistorps peinl. Recht. S. 95.

17   Diese Bulle erlaubt gegen 6 bis 7 Prozent die Behaltung des gestohlnen
      Guts.

müßte denn noch einmal in die See als Algierer stechen – mit dem besten Vermögenszustande und allgemein geehrt samt seiner Familie zurück und verzehrt wie ein Krokodil den Raub auf dem *Lande*. Welchem Fallierer unter uns ist daher nicht der Galgen venerabel? –

Auch der *Nachdrucker* hält sich an dessen drei Herkulessäulen. Man reiße dieses *tertium* comparationis ein, so läuft der Schelm von Weib und Kind und rennt in den Spessarter Wald und passet Meßleuten auf, statt Meßbüchern. Wie viele Nachdrucker- die sonst gestohlen hätten – haben sich bisher redlich und unter dem Schutze des Staats, der sie wie die Geier um London zu schonen befiehlt, bloß durch das lachende Intestat-Erben der Verleger, deren Verleger sie sind – Erben sag' ich mit den Zigeunern, welche des Wohlklangs wegen das Stehlen so nennen –, samt ihrer Familie so gut ernährt, daß sie statt eines bloß vom Ehrensolde gebaueten Meierschen Hauses[18] ein größeres, vom Unehrensolde errichtetes von Trattnerisches in die Gasse stellen konnten!

Ich sage, wie viele taten das bloß aus Ehrliebe, um nicht als Seiltänzer *am* straffen vertikalen Seile da aufzutreten, wo ich es sage! –

Dieser Vorteil wäre aber nicht beträchtlich genug, da dem deutschen Staate am Hängen oder Gehen von vier oder sieben Spitzbuben wahrlich wenig gelegen sein kann – denn höher beläuft sich schwerlich die Zahl der Edlen von T bis Z, welche die Druckerschwärze zum Vier- oder Siebenräuberessig[19] machen –, nicht vorteilhaft genug wäre die ganze Kaperei, sag' ich, wenn nicht sämtliche Leser, Edle in ganz anderem Sinn als Trattner, sich Pfeifen aus diesem Rohre schnitten; aber das Wichtige ist eben, daß alles mitstiehlt.

Die Beute, welche der Total-Plagiarius durch Ersparen des Ehrensolds und der Assekuranzprämie macht, repartieren die sämtlichen Käufer unter sich, deren Räuberhauptmann er ist. Obgleich auf jeden Käufer zweiter Drucke nur wenige Groschen *Erb*portion fallen – so daß von einem so geringen Verkaufspreise ihrer Ehrlichkeit nicht aller Anstrich von Schande weggehen will –, so wird doch das gestohlne Gut durch die Wiederholung – wenn man sich die ganze Bibliothek aus der Nachdruckerei verschreibt – sehr verstärkt und noch außer diesem durch den Zweck gestempelt, die eigne schöne Seele auf die fremde

18   Der Philosoph Meier bekam in Halle eines für ein Buch.

19   In Italien heißet der Vinaigre de quatre voleurs: vinaigre de sept voleurs.

schöne, die nachgedruckt worden, zur Veredlung zu impfen. Denn man wählt nur einen geliebten moralischen Ehrensöldner oder Autor zum Bestehlen, wie man in Nitri nur der Geliebten Kleinigkeiten, Nippes etc. raubt. So wächset der Lorbeer der Literatur an Galgenpfeilern wie an Parnassen hinauf.

Endlich wer gab uns, wer bildete uns so viele und so gute *Hasardspieler* als die angeregten Pfeiler? Die deutsche Geschichte sagt uns, daß der Adel sonst vom ›Sattel oder Stegreif‹ lebte, nämlich vom Rauben unter freiem Himmel. Das Reich schränkte es durch die drei Pfeiler auf eines zwischen den vier Pfählen ein, welches man Pharao, vingt-un, Creps u.s.w. heißet. Daher man bloß bürgerlichen Menschen Hasardspiele nie vergönnen kann, weil sie die Rechte der Raubschlösser nie besessen. In Spaa müssen sogar Juden, wenn sie als Bankiers und Croupiers auftreten wollen, sich unter der Hand eigenhändig zu Michaelsrittern erheben. Mit den Galgen bräche man zu Meßzeiten, wo so sehr gespielt und gestohlen wird, zugleich die Spieltische ein, und der abgesetzte Bankier müßte sogleich aufsitzen und in dem nächsten Hohlwege reisen, um dem Viehhändler nach der Geldkatze zu greifen. –– Nein, lieber lasset uns Galgen und Ehrlichkeit behalten und dabei ein Spiel Karten.

Und überhaupt – was soll ich erst lange einteilen – steigen meine drei Säulen mit ihren Fruchtgehängen durch alle Stockwerke des Staatsgebäudes! – Allgemein hat man conscientiam dubiam, Gewissens-Skepsin – Hunger und Sättigung herrschen in vermischter Regierungsform über die Welt – alle Stände haben wenig, wollen viel; – – und doch wird wenig gestohlen! Denn die Gedächtnissäulen stehen da und machen aus allgemeiner Not allgemeine Tugend; sie halten jeden von uns zu einem bloßen Nahrungszweige von dem im ganzen verbotenen Baume an, zum Borgen, zum Liquidieren, zum Handel und Wandel, zum kleinen Küstenhandel mit Ämtern, Kindern, Rechten – in dem wie der menschliche Körper aus lauter *Gefäßen* gebaueten Staatskörper arbeiten, wie in jedem geschwächten, die *einsaugenden* stärker als die *ausdünstenden;* alle Kassen stehen daher da, man hat die Stadtkassen, die Heilandskassen, die Regimentskassen, die Steuerkassen – die Beamten bitten Gott um Ehrlichkeit[20], wenn die Jahre kommen, wo sie zu

20 Augustin betete: da mihi castitatem, sed non modo, d.h. verleihe mir Keuschheit, aber nicht gleich.

leben haben – der breite Weg Rechtens bedeckt, wie in Ungarn die breiten Straßen, das fruchtbare Land – die Residenzraubvögel steigen höher, um zu stoßen – alles gedeiht, die Welt ist ehrlich und satt, und der Galgen ist der allgemeine Protektor.

Gehangen daran werden freilich von Zeit zu Zeit mehrere Galgen-Schneußvögel, wie wir denn da unten am heutigen Jubeltage einen ganzen dergleichen Flug vor uns haben; aber auch dem Fluge kann man diese Freitreppe zum Hängebette von sehr annehmlichen Seiten zeigen, und ich als Geistlicher, der über alles trösten soll und der hier ein betrübtes Kondukt vor sich hat, wo die Leiche und der Leidtragende *eine* Person formieren, bin zu einem Trostsermon verpflichtet. Bedenkt also, ihr Spezial- und andere Inquisiten – damit tröst' ich euch –, daß alles sterben muß und mithin irgendwo, also auch auf dieser Handels-Freundschaftsinsel – zieht die ungeheuern Korporationen in Erwägung, welche schon vor euch hier ihre eignen Anker und Schlußvignetten geworden, auch die nach euch – beherzigt, daß es ja noch schlimmer wäre, wenn man euch lebendig spießte, schünde oder in Öl sötte – erwägt, daß ihr weniger euer Leben (das läuft hinter dem Sperrstrick fort) als eure Armut hergebt, weil ja der Staat, so wie er in Blotzheim in Oberelsaß unter zwei gleich edeln Jünglingen, die Augrafen werden wollen, gerade dem ärmsten den Kranz und die Schaumünze überreicht, ebenso unter zwei gleich großen Adspiranten gerade den armen diese drei Gedächtnissäulen einnehmen lässet – macht euch recht tröstliche Bilder von der Sache (denn, wie Young sagt, nicht der Tod, sondern dessen Bild und Pomp erschreckt, das Läuten, die Prediger, das Her-ausführen), nennt sie mildernd eine Pfänderstrafe, einen bloßen mors civilis, einen kosmischen Untergang, eine Aposiopesis, ein Calando, scheinbare Selbst-Funeralien wie Karls V., die freilich wie ja auch bei Karln am Ende reell ausgehen – und wenn ihr noch andere aus Lei-chenreden erinnerliche, mir zu lange Salben darüberstreicht, z.B. von Kürze des Lebens und Hängens, vom Prüfungsstand, von der Mehrheit der Welten – –: so werdet ihr es gelassen ertragen, daß andere (was so viele erst mühsam von *sich* erringen) euch hängen.

Nun lasset uns diesen Galgen verlassen, wenn wir miteinander geru-fen haben: er lebe, denn er lässet leben.«

Darauf prozessiert man wieder zurück. – Nachts ist die geschmack-vollste Stadt- und Galgen-Erleuchtung – frugales Gastmahl von den Henkergeldern (es kann ein Spitzbube zu deren Ersparung auf freien

Fuß gelassen werden) – den Hausarmen wird viel gereicht – dabei Kanonen-Salven – Gesundheit-ausbringen – Ball bis in die späte Nacht oder länger … Verdammt! soll ich euch denn alles vorpfeifen?

Sechste Fahrt

Das Welttheater – der Brocken – Imprimatur und Vorrede des Teufels zum Brockenbuch – das Menuett-Solo

Heute bei Zeiten macht' ich den *Siechkobel* segelfertig, um zur Rechten über den langweiligen Jubelstrang wegzugehen. Als die Prozession vorn und hinten auf den Raupenfüßen war, lichtete ich die Anker, und das Schiff erreichte nach 5 Sekunden seine höchste Schnelle. Den Jubelplan hing ich aus meiner Hängematte an einem Faden heraus, den ich immer länger werden ließ. Weg war der Mülanzer Jubel – die Stadt sah den Kobel an – die Feierlichkeit wurde von der Neugier aufgefressen – mein Kutter wogte im hohen Blau, mein Plan sank – die Prozessions-raupen schritten zwar vor, aber mit aufguckenden Köpfen, blasende und singende unter ihnen verfluchten Noten und Text und verließen beide hundertmal – es war sehr erbärmlich, der Mangel an Rührung, der Frost gegen den Zweck, die Nachfahrt meiner Himmelfahrt und das beschwerliche Fortfußen dabei – das niederschwebende Jubelpro-gramm spannte alle Blicke und Muskeln – ich schnitt es ab – und als man sich unten um dasselbe zusammenballte, wickelte mich ein Sturm in seinen Mantel und entflog mit mir.

Viertehalbtausend Fuß tief rannte die weite Erde – ich glaubte fest-zuschweben – unter mir dahin, und ihr breiter Teller lief mir entgegen, worauf sich Berge und Holzungen und Klöster, Marktschiffe und Türme und künstliche Ruinen und wahre von Römern und Raubadel, Straßen, Jägerhäuser, Pulvertürme, Rathäuser, Gebeinhäuser so wild und eng durcheinander herwarfen, daß ein vernünftiger Mann oben denken mußte, das seien nur umhergerollte Baumaterialien, die man erst zu einem schönen Park auseinanderziehe.

Auf der Fläche, die auf allen Seiten ins Unendliche hinausfloß, spielten alle verschiedenen Theater des Lebens mit aufgezogenen Vor-hängen zugleich – einer wird hier unter mir Landes verwiesen – drüben desertiert einer, und Glocken läuten herauf zum fürstlichen Empfang desselben – hier in den brennend-farbigen Wiesen wird gemähet – dort werden die Feuersprützen probiert – englische Reuter ziehen mit goldnen Fahnen und Schabaracken aus – Gräber in neun Dorfschaften werden gehauen – Weiber knien am Wege vor Kapellen – ein Wagen mit weimarschen Komödianten kommt – viele Kammerwagen von Bräuten mit besoffnen Brautführern – Paradeplätze mit Parolen und Musiken – hinter dem Gebüsche ersäuft sich einer in einem tiefen Perlenbach, nach dem dabei zusehenden Kniegalgen zu urteilen – lange Fähren mit vielen Wagen ziehen unten über breite Ströme und ich oben gleichfalls, aber ohne Fährgeld – ein Schieferdecker besteigt den Stadtturm, und ein sentimentalischer Pfarrsohn guckt aus dem Schalloch, und beide können (das kann ich viertehalbtausend Fuß hoch observieren, weil die dünne Luft alles näher heranhebt) sich nicht genug über das hundert Fuß tiefe Volk unter sich verwundern und erheben – Gartendiebinnen mit Brustavisen stehen in Prangern wie Heilige in Kapellen sehr umrungen – einer auf Knien und hinter der Binde muß drei Kugeln seiner dreifarbigen Kokarde wegen in den Pelz auffangen – ein für die Kirmeß angeputztes Dorf samt vielen nötigen Verkäufern und Käufern dazu – katholische Wallfahrten, von schlechtem Gesang begleitet – ein lachender, trabender Wahnsinniger muß eingefangen werden – fünf Mädchen ringen entsetzlich die Hände, ich weiß nicht warum – über hundert Windmühlen heben im Sturm die Arme auf – die blühende Erde glänzt, die Sonne brennt aus den Strömen zurück, die muntern Schmetterlinge unten sind nicht zu sehen und die hohen Lerchen nur dünn zu hören, oder ich täusche mich sehr – das Leben hier schweigt und ist groß und droht fast – Gott weiß, welcher gewaltige böse oder gute Geist hier in dieser stillen Höhe dem Treiben grimmig-grinsend oder weinend-lächelnd zusieht und die Tatzen ausstreckt oder die Arme, und ich frage eben nichts nach ihm ...

Da jetzt sich zwei streitende Geier wie Wetterhähne auf meine Rotonda setzten und horsteten: so setzt' ich mich auch als Outside-Passenger[21] auf meine Sänfte heraus, mich an den Strick des Schiffes klammernd; allein da ich so im wilden ewigen Szenenwechsel fünf Stunden lang hingefahren war über eine Religion und Landschaft und Reichsstadt nach der andern, über eine Saat von Völkern, wovon wie Blumen das eine um 5 Uhr morgens, das andere um 9 Uhr, das dritte

21 so heißet in England der, der oben auf dem Kutschen-Himmel fährt.

um 2 Uhr zum Tage erwacht und der Sonne aufgeht, oder auch dumm einschläft – und als so auf dem langen Farbenklavier des Lebens alle finstere und lichte Farben vor mir laufend aufgehüpfet waren: so wurde mir auf meinem alles zusammenspinnenden Weberschiffe miserabel, leer und wehmütig zumute; ein giftiger Stechapfel von Schmerz, von der Größe meines Herzens, ritzte meine Brust, und ich niesete sehr nahe am Weinen – weinte aber nicht. – – Nein, nein, glaubt nicht, Paternosterschnuren von Welten über mir, daß ich getröstet und weinerlich je aufschauen und sagen werde: ach dort droben! – O das Dortdroben werden auch Siechkobel umschiffen, und die Schiffskapitäne darin werden Kalender genug machen über ihr nur anders verrenktes Personale unter ihnen und werden zur Erde sagen: wahrscheinlich tout comme chez nous!

Ein Mensch wie ich – zumal wenn ihm der Sturm die Halsvenen lange zugeschnürt und den Kopf bluttrunken und schläfrig gemacht – steigt lieber und gescheuter in sein Wachthäuschen zurück und schläft den Rausch des Äthers aus. Aber närrisch wurd' ich geweckt: die Fregatte war auf einen Felsen gestoßen – meine Kajüte war mit goldnem Feuer gefüllt – draußen stand eine Finsternis aufrecht. – Ich war am Brocken gestrandet, die schwarze Flut der Nacht schlug an das Gebürge, und die Abendflamme der Sonne schoß über sie streifend aus der Tiefe herauf.

Ich sprang ans Land und knüpfte meinen unruhigen Kutter an das Brockenhäuschen fest. Der Philosoph[22] erklär' es, warum mir dieselbe Höhe hier auf dem festen Lande erhabener erschien als in der Luft. Im Häuschen fand ich einen vergessenen Quartanten vom Brockenbuch, der mich durch die Eitelkeit, Heuchelei und Leerheit der Menschen wieder in meinen gewöhnlichen Grimm und Ekel und dadurch in den Stand setzte, noch so spät eine kurze Vorrede davor auf den leeren Revers des Titelblattes in des Teufels Namen zu schreiben, eines Fakultisten, der, ob er gleich bei seinen Lebzeiten nur anonym in den gelehrten Instituten arbeiten will, doch als der Kurator und Nutritor des gelehrten Deutschlandes und der größte Polygraph seine anerkannten Verdienste behält.

22 Dieser antwortet: weil er mit dem Brocken als Elle, aber nicht mit der durchsichtigen Atmosphäre die Höhe messen konnte. D. H.

Imprimatur und Vorrede des Teufels zum Brockenbuch

Als Zensor hab' ich bloß zu versichern, daß in dieser Reisebeschreibung von mehrern Verfassern, betitelt: das Brockenbuch, nichts vorkommt, was gegen die Ehre und das Interesse meines Obersten, Beelzebubs, laufen könnte, wenn man nicht so unbillig sein will, bloße poetische Gesinnungen für wirkliche zu nehmen. Als Privatgelehrter und Vorredner wünscht' ich einen und den andern meiner Mitteufel auf den vorteilhaftern Standpunkt für dieses Stamm- und Phrasebuch zu setzen. Vielen von uns – und nicht eben den schlechtesten – muß es anfangs wunderlich und anstößig vorkommen, daß gerade in unserem Kirchenstaat, unserem Nonnenkloster und Altare und unserer Kanzel[23] so nahe, de- und theistische Gesinnungen im Manuskript frei geäußert werden, Floskeln von Anbetung Gottes, Reinheit der Empfindung, Erhebung über die Welt, kurz die gesalbte Sprache jener noch immer nicht ausgerotteten Puritaner oder Katharer, die bekannter unter dem Namen Religiosisten sind. Allein der Billige erwägt, daß es doch offenbar Dichter oder poetische Prosaiker sind, welche in dieser Liederkonkordanz so sprechen. Die Poesie aber muß frei sein und bloße Form, und es muß ihr – wenn man sie nicht wie einige Teufel von mehr Herz als Kopf zum Stoff verkörpern will – jede Empfindung, auch die allersittlichste, darzustellen zugelassen sein. Ist es nicht unbillig, darum von bloßen Darstellungen auf das Herz zu schließen und den Dichter nicht von dem Menschen abzusondern, da man doch in weit schwierigern Fällen Werke wie das des Petronius (nach Lipsius) lesen und (nach Bayle) sogar schreiben kann ohne den geringsten Einfluß auf das Herz? Sind denn die gebildeten Europäer Nordamerikaner, welche die Träume der Nacht am Tage zu realisieren suchen?

Wo so etwas – hielte nicht eine so glückliche Scheidewand zwischen Phantasie und Handeln fest – mehr zu befahren gewesen wäre, das wäre bei den Theologen gewesen, welche aus demselben Grunde, warum Pomponius Lätus und Hemon de la Fosse[24] durch das Bewun-

---

23 Der Teufel meint die sogenannte Teufels-Kanzel, den Hexen-Kongreß etc.

24 Letzterer war Schulmeister unter Ludwig XII., man mußt' ihn am Ende seiner klassischen Ketzereien wegen verbrennen. Essais historiques sur Paris de Saintfoix.

dern der alten Autoren endlich zu wirklichen Heiden umschlugen und den Göttern opferten, sich täglich in die Gefahr begaben, durch das ewige Lesen und Loben der Bibel und des biblischen Personale und durch den täglichen Umgang mit ersten Christen (vermittelst der Kirchengeschichte) zuletzt die Gesinnungen selber anzunehmen, in denen sie auf Kanzeln und Pulten webten und lebten, und so mit dem nun seit so vielen Jahrhunderten abgereisten ersten Christentum auf einer Retourfuhre zum allgemeinen Erstaunen wiederzukommen; allein die Sachen sind besser abgelaufen, und der eigne Charakter der Exegeten und Kirchenhistoriker hat sich so festzuhalten gewußt, daß bis diese Stunde ein erster Christ überhaupt so selten erscheint als ein Steinbock.

Um auf die Mitarbeiter und Mitarbeiterinnen an unserer vorliegenden Liederkonkordanz zurückzukehren, so ist es eine meiner schönsten Erfahrungen, daß die meisten von ihnen – sie mögen hier oben empfunden und gesungen haben, was sie wollen –, sobald sie wieder ins Halberstädtische herunter sind, wieder zu sich kommen und ihren armen alten Adam, der wie Antäus oben in der Luft ganz verwelkte und einrunzelte, auf der Erde lustig herausfüttern. Die morganischen Feen der poetischen Bergpredigt fahren gänzlich unten auseinander, wenn die vornehmen Reisenden sich in unsere Antichristenheiten[25] zerstreuen und wir ihnen die Reiche der Welt viel anziehender in den Tiefen zeigen können als auf Tempelzinnen. In der Tat sollten Teufel sich mehr bedenken, ehe sie über die Menschen, die doch ihre adoptierten Kinder sind, herfahren und sie für Tugend-Puritaner erklären, bloß weil sich einer und der andere auch in erhabenen Empfindungen im Vorübergehen scherzweise versuchen will. O wie ungerecht! Fressen sie sich denn darum sofort in den Kerl auf immer ein, und zieht er damit wie mit Hitzblattern und Höckern im Halberstädtischen und unter Reußen und Preußen räudig herum? Mir wenigstens sind solche Überbeine des Erhabenen weder in Bordellen, noch Kaffeehäusern, noch Spieltischen an solchen Reisenden zu Händen gekommen. Die Schlange wechselt zwar oft die Haut, aber nie die nützlichen Giftzähne. Die Sache ist: mit den Menschen ist es wie mit den Zibetkatzen; wie diese stets einen von andern geschätzten, ihnen aber verdrüßlichen Zibet in ihrem Beutel hecken, so setzen und häufen jene heimlich in ihrem Herzbeutel einen gewissen Religionsfond an, der drückt und

963

25   Christenheiten nennt man die Landdechaneien im Erzstift Trier.

weg muß. Der Holländer zieht alle drei Tage seine eingebaute Katze am Schwanze ein wenig vor und schöpft mit einem Löffel den kostbaren Fümet-Unrat heraus; gleicherweise tritt von Zeit zu Zeit der Dichter auf das Theater und auf das Papier und sondert sogenannte tugendhafte Empfindungen ab und der Leser mit; darauf wird ihnen wieder ganz leicht, und sie sind nach der Ausschöpfung zu allen Streichen tüchtig. Der Tyrann vergießet seine Kotzebuischen Tränen in der Frontloge und der Lüstling auf dem Parterre, nachher gehen beide heim, und jener lockt den Untertanen, dieser seiner Herzenskönigin ganz andere ab. Genies sind daher vollends des Teufels lebendig, wie andere es später sind.

Ganz besonders interpunktier' ich hier das bekannte In puncto puncti. Wie Aristoteles vom Epos verlangt, daß es dem *untätigen* Teil desselben den reichsten Sprachschmuck anlege, der weg- bleibt, wo Charaktere und Handlung regieren: so ist da, wo keine Handlung ist – es sei im Leben oder in der Liebe –, die reichste poetische tugendhafte Diktion nicht nur erlaubt, sondern sogar nötig; und dann muß man weitergehen. Was nun besonders die Weiber betrifft, welche wie der Gott Anubis halb zu den obern, halb zu den untern Göttern gehören: so muß ihnen auch so geopfert werden wie diesem, nämlich doppelt, auf einmal wie jenem weiße und schwarze Hunde; der Mann, der an ihren Altar tritt, muß ein Herz darauf ausbreiten, worin, nach einer richtigen Vermischungsrechnung, Ruchlosigkeit und Sentimentalität in beide Kammern geschickt verteilt sind. Von den Sentimentalen kann nun ein großer Teil auf den Bergen geholt werden.

Mit diesen wenigen, sehr oft abschweifenden Reflexionen hab' ich gegenwärtige Brockenkonzilienakten und Zeugenrotuls der Brocken-Schönheiten den Teufeln übergeben wollen. Ist der Stil oft nicht der beste: so bedenken sie, daß sie selber den heidnischen Orakeln und den christlichen Hexen keinen bessern eingegeben haben, wenn sie nicht gar hier der vielen Lügen wegen wieder die Väter derselben sind. Über die Rapport- und Passagierzettelschreiber in diesem Grund- und Lagerbuch sag' ich nichts, da sie selber nichts sagen und sagten. Im Brockenhäuschen.

Ein Teufel.

Ich trat jetzt trübe und wild auf den Brocken heraus. Die Sterne brannten den Himmel hinab und schimmerten um das düstere Gebürge.

Der Nebel der alten Zeiten tat sich auf, und ich sah darin unten auf der weiten Ebene die unzähligen Scheiterhaufen glühen, welche bloß Unschuldige zernagten. Um mich lagen aufgetürmte Felsenklötze wie Quader niedergebrochner Riesenschlösser; und das Renntiermoos der kalten Zone bedeckte als Schimmel der Erde das alte nackte Berghaupt. Der Sturm schnaubte um mich und mein flatterndes Schifflein herum und fuhr wild unter die Sterne hinaus und schien sie zu rütteln. Mein Haar bäumte sich wie eine Mähne, aber im Innersten war mir groß und düster, und ich wünschte, jetzt erschiene mir der Teufel, ich fühlte mich so erhaben und kalt wie er. Aber o wie hohl klang mir in der Stille das Leben! – Drunten liegen die müden Wachslarven auf dem Hinterkopf, hier oben steht eine reflektierende auf dem Hals, sagt' ich und griff über mein Gesicht, um solches wie eine Larve abzunehmen und zu besehen. In der Mitternacht dämmerte ein langes Morgenrot und wollte erfreuen; aber ich lachte darüber, daß uns das auch wieder einen flüchtigen Freudenmorgen und Trost vorspiegle; da war mir plötzlich, als sei die ganze Welt und mein Leben in einem Paar Träumen weggetropft, und das Ich sagte zu sich selber: ich bin gewiß der Teufel; schrieb ich nicht vorhin? –

Jetzt packte auf einmal eine seltsame Erscheinung mein ganzes Wesen an. Eine weiße flatternde Figur sprang den Berg herauf. Funfzehn Schritte von mir stand sie still. Die Augen waren geschlossen, das Haar schwarz, die Augenbrauen borstig, die Nase gebogen groß, die Arme haarig, die Bärenbrust unbedeckt und der – Nachtwandler[26] im Hemde. Endlich faßt' er dieses am Hexentanzplatz wie eine Schürze mit beiden Händen und fing eine närrische Menuett mit sich selber an; er kehrte sich um, ein schwarzer Schlangenzopf wuchs lang hinab; er fuhr wieder herum und sprang und wollte zärtlich minaudieren. Mir wurd' er so verhaßt, daß ich ihn hätte hinunterwerfen mögen. Endlich rannt' er, die Arme emporgehoben, davon. Mich schauderte dieses tragisch-komische Konterfei und Fieberbild des Lebens und die äußere Nachäffung meiner Gedanken.

Aber ich konnte nun auf diesem wie ein Alb drückenden Berge nicht mehr dauern, sondern fuhr in meine Sänfte, schnitt sie los und schwamm ins weite lebendige Nachtmeer hinaus. – –

26 Wahrscheinlich aus dem 1/4 Meile davon liegenden Brockenwirtshaus.

Siebente Fahrt

*Das große Bette der Ehren – das weiße Meer – das anonyme
Paradies die romantischen Bekanntschaften – Durchgang des
Globen durch Sonnen*

– Aber zwischen Himmel und Erde wurd' ich am einsamsten. Ganz
allein wie das letzte Leben flog ich über die breite Begräbnisstätte der
schlafenden Länder, durch das lange Totenhaus der Erde, wo man den
Schlaf hinlegt und wartet, ob er keine Scheinleiche sei. Die großen
Wolken, die unten aufeinanderfolgten, waren der kalte Atem eines
bösen Geistes, der in der Finsternis versteckt lag. Ein Haß gegen alles
Dasein kroch wie Fieberfrost an mir heran; ich sagte wieder: ich bin
gewiß ein böser Geist. Da riß mich ein zweiter Sturm dem ersten weg
und schleuderte mich über unbekannte entlaufende Länder fort.

Plötzlich zog ich über eine anmutige Ebene voll zerstreuter Laub-
bäume, ganz mit Affen des Lebens, mit Körpern bedeckt, die sich wie
Mittagsschläfer warmer Länder zum Schlummer ausstreckten. Neben
einem Feuer lagen ihre Kleider – da sah ich einen Mann, der einen in
seinem Arme hängenden Leichnam entkleidete. – – O Hölle, es war
dein Boden, es war ein unbegrabnes Schlachtfeld! – Ich warf Steine
auf das Ungeheuer – ich brüllte ihm aus den Lüften: Teufel! Teufel!
zu – ich wurde in einen eiskältern Himmel aufgezuckt – – und der
Orkus des Mords floh zurück, und blühende Weinberge flogen daher.

Aber der Erdengreuel hatte durch ein giftiges Fieber meine Herzens-
muskeln gelähmt; und ich senkte mich erschöpft tiefer der Wärme
entgegen und ließ, von Grimm und Wachen matt, die vergeblichen
Augen unter ihre Augenlider kriechen.

Wie sonderbar und hold verträumt' ich den äußern Traum! »Von
der Stadt Gottes ist wie von Pompeja erst *eine* Gasse aufgedeckt!« So
rief es im Traum; dann wiederholte es bloß sinnlose Worte: Pompeja
– Hesperien – warme Blütenwälder – warme Blütenwälder – und
dunkle Wellen der Lust liefen über mich hinüber.

Ein helles Glänzen weckte mich. Wo wohn' ich? sagt' ich. Ich glitt
warm angeweht auf einem unabsehlichen silbernen, aus den zu zartem
Schaum geschlagenen Sternen zusammenwallenden Meere weiter – ein
Meer, weich und weiß wie Schneenebel, wie Lichtduft – alle Fenster

meiner Hütte schimmerten – ich war ganz erleuchtet. – Ich schiffte in dem über die Nachterde hingedeckten Wolkenhimmel, in dessen Flut der aufgegangne Mond wie ein Schwan mit seinem Glanzgefieder alle Wogen durchstrahlend stand, eh' er herausflog ins Blaue.

Statt wie ein Wasservogel länger über der weißen Fläche wegzustreifen, riß ich meine Lufthähne auf und tauchte mich unter in die lichte Flut der zusammenspringenden Naphthaquellen – So ging es selig dahin – in der weißen busenwarmen Nacht – Ich wußte nicht, welches Land unter mir grüne – Ich wühlte mich noch tiefer in den silbernen Dampf- Ein paarmal wälzte sich der Blütenrauch von Gärten herauf – Einmal fuhren Waldhörner wie Blitze durchs Gewölk und tanzten nahe vor mir wie Geister in der Luft. – – Lange war es still – Wieder klingelte ein Glockenspiel, also aus einer zugedeckten Stadt unter mir – Dann wurd' es kühl – Das Meer zerriß in lange Berge, und weite Spalten schaueten auf die Erde. – –

Ich senkte mich zu den lauten festschwebenden Lerchen hernieder und endlich zu den Nachtigallen in Zweigen und berührte einen unbekannten Boden zwischen schlafenden Blumenbeeten – mit Felsen unter Efeu – und Orangeblüten weiß, die der Morgenwind statt der Früchte abschüttelte – mit Rasensitzen, in elysäische Felder hinausgerichtet- und ringendes Morgenrot und Mondlicht durchschnitten einander und vergossen wunderliches Licht auf der Zauberstätte – In der Ferne liefen Pappelreihen vor Lusthäusern vorbei, an runden, heitern, mit Wein übersponnenen Bergen flogen Segel hin, und überall zeigte ein durchsichtiger Kastanienwald eine freudige Welt. Ich wurde von dem dunkeln Paradies wie von einem stummen Kinde angelacht; alles, was unbekannt um mich lag, glich einem alten erinnerten Wiegenliede, nicht einer kunstgärtnerischen Georgika. – So hold und neu! – Gebe nur Gott, sagt' ich, daß ich wieder von dannen fahre, ohn' es von einem gehört zu haben, wie das Land sich schreibt! –

Die Weinberge wurden immer heller unter dem feurigen Morgenduft gefärbt. Ein Mohr in türkischer Kleidung lief über eine grüne Gartenbrücke. Da ich mich jedem Rocke zu begegnen hütete, der eine Erkennung nicht auf dem Theater, sondern des Theaters nach sich ziehen konnte, so wich ich fernen Tritten ins ausländische Buschwerk unter Nachtigallen aus. Endlich trat die Sonne wie ein Musengott in den Morgen und nahm die Erde als ihr Saitenspiel in die Hand und griff in alle Saiten.

Ich war ein anderer Mensch, ich küßte den Blüten den Tau lechzend und liebend ab. Da hört' ich italienische Verse munter weggesungen. Eine große weibliche Gestalt, glühend wie der Morgen, mit keckem Schritt, dunklem Haare und schwarzem Auge, kam umherblickend und singend über die Brücke nach und hatte, wie es schien, den Mohren vorangeschickt. Ich ging auf die glänzende Heldin zu, sie stand sogleich wartend. Welcher Sonne schauete ich geradezu in den Jugendglanz aller Reize! Ich sagte italienisch, ich käme heute vom Brocken und bäte sie, mir alles zu sagen, nur nicht, wie sie oder die Gegend heiße, die ich vor mir sähe. Sie sah messend und lächelnd mich und besonders meinen grünen, römisch umgeworfenen Mantel an: »Ihr seid«, sagte sie italienisch, »aus Rom der Maler «?– – »Giannozzo!« sagt' ich. »Giannino?« sagte sie lächelnd. »Der!« sagt' ich[27] und machte sie mit meiner Luftfähre bekannt. Ich bat sie ernsthaft um ein Frühstück durch den Mohren, um wirklich niemand hier zu sehen und zu hören als sie. Sie befahl ihm französisch, es auf den Pharus zu bringen; »vite,« sagte sie, »et ne dis pas qu'oui!«

»Ihr gefallet mir damit,« (sagte sie unter dem Ersteigen der außen laufenden Wendeltreppe des Pharus) »Ihr liebt die Poesie; nichts außer ihr ist schön, die Jugend ist auch eine.« – Ich sagte nur weniges Böse von denen, die aus den Blumen der Poesie immer eine Blutreinigung kochen, und von denen, welche die der Freuden nur wie Lesezeichen in ihre Akten und Handelsbücher legen.

Oben auf dem Pharus schauete man in eine ausgebreitete Welt hinaus, die sich tief in Südosten mit Gebürgen schloß, wahrscheinlich den schweizerischen. Der Mohr brachte mir Wein. Teresa – denn einen Taufnamen mußt' ich haben – sprach von der Liebe und von ihren Brautführerinnen, der Malerei und der Musik, so groß und so frei wie wenige Männer. Welch eine schöpferische, gerüstete Zeit zieht daher, welche das große, dumpfe Nonnenkloster des weiblichen Geschlechts abbrechen und die finstern Mönchsschleier von den schönsten Augen reißen wird. – Sie blickte oft nach Norden, und ich sah sie dann recht an. Welche schöne, dunkle Augen – halb unter dem sanften Augenlide ruhend – gegen die Gewohnheit der schwarzen nur in einem sanften

27 Giannozzo heißet der große Hans, Giannino Hänschen, indes scheint er recht absichtlich eine gewisse Dunkelheit über diesen Morgen zu werfen. D. H.

Glänzen bleibend, das weder wuchs noch fiel und das nur ein heller Tau zuweilen dünn überzog! – Sie entdeckte mir offenherzig, wornach sie so nördlich sehe und abweiche – ihr Geliebter wollte diesen Morgen kommen.

»Liebt nur recht, Schöne,« (sagt' ich) »und so recht über alle Beschreibung! Aber gebt mir eine von Ihm!« Ich würde nachher, setzt' ich dazu, einen Pomeranzenzweig mit einer Frucht abreißen und ihr ihn, wenn ich den Geliebten auf meiner Höhe sähe, herabwerfen zum Zeichen. Ihr göttliches Auge glänzte nicht feuriger, nur feuchter. Es war, beschrieb sie ihn, ein rotgekleideter Jüngling auf einem Rappen, mit einem grünen Reitknecht auf einem Schimmel. Ich holte drunten einige mit Gas gefüllte Kügelchen von Goldschlägerhaut und ließ sie als Wetterhähne und Leuchtkugeln auffliegen, um den obern Wind über der Windstille zu erforschen. Zum Glücke weht' er sehr südlich und trieb mich der Reitbahn des Jünglings entgegen. Ich sagt' ihr alles. »Nun geht!« sagte sie. Meine Avisfregatte war schnell zum Auslaufen ausgerüstet und hing nur an einem Geländer mit einem darum geschlungenen Kettchen fest. Mein Herz schwamm, berauscht, im Glanze der Schönheit und des romantischen Morgens. »Nehmt Euch doch recht in acht, Giannino!« sagte sie. Ich stieg unter dem stolz aufarbeitenden Bucentauro ein und ließ sie das Kettlein lösen. Da zog ich ihr drei Rosen aus der Brust und bückte mich zur Gebückten heraus und flog mit dem Raube eines Flammenkusses von den üppigen, vollen Lippen in den Himmel hinauf. »Addio, caro!« rief sie nach; »addio, carissima!« rief ich herab.

Göttlicher Morgen! Göttliches Weib! Ich schwebte schon in den kalten Monaten der Luft und blickte durch das Glas nach Norden; aber ich entdeckte nichts. Die Teresa stand wie eine Marmorgöttin auf dem Pharus, aber kein Zweig fiel für sie aus der Höhe.

Mit ihren frischen Rosen an den heißen Lippen und mit dem Fernglase an den brennenden Augen flog ich über die Berge und Ströme. – Endlich, als die Blühende dem bewaffneten Auge nur noch ein weißer Schatten hinter mir war, entdeckt' ich damit viele Meilen von mir einen rotgekleideten Menschen auf einem Hügel und neben ihm zwei leere Pferde weidend. Mein Auge wurde naß, da es sich auf zweige trennte, einander von Bergen verdeckte Menschen richten konnte, beide schmachtend und träumend, er die heilige Zukunft in Süden suchend und sie ihre in Norden; indes für mich wie für einen Gott alles nur

970

Gegenwart war. Ich riß ein Blatt aus diesem Buch, schrieb darauf: »Eile, Jüngling, die schöne Teresa wartet deiner auf dem Pharusturm«, band es an den Pomeranzenzweig und warf es, da ich über seine Augen wegzog, die sich schon lange auf das allein immer schneller fliegende Wölkchen im großen Blau geheftet, über ihm aus, und die Frucht riß das flatternde Blatt der Liebe steilrecht hernieder.

Ich wandte mich um – die schöne Teresa auf dem Pharus war verschwunden – der Jüngling sprengte die Hügel hinab und kehrte den Kopf häufig gegen das eilige erfreuende Wölkchen. O liebt, liebt, ihr Glücklichen! –

Die Knospe meines Rosentags blätterte sich weiter auf. Um 10 Uhr senkt' ich mich in Lilar nieder. Die junge, erst vor einigen Wochen verheiratete Frau führte mich zu meinem alten Freund Dian, der sich im Flötental abkühlte. Wir tranken tapfer wieder. Er sah mich nie so glühend. »Im *Winter*« (sagt' ich) »ist bei dem Volke die größte *Armut*; nur der warme Geist ist ein reicher. Aber hier ists zu heiß; ich kühle meinen Wein oben im Himmel.« – Auf! auf! rief ich und fuhr aus dem prächtigen Garten davon, den leider noch keiner unserer erbärmlichen Reiseskribenten nur mit *einem* Dintentropfen abgemalt.

Um 12 Uhr sank ich in Fantaisie bei Baireuth zum Essen nieder. Blühendes, tönendes, schattendes Tal! – Wiege der Frühlingsträume! Geisterinsel des Mondlichts! Und deine Eltern, die Berge, die in dich hereinblicken, sind so reizend wie ihr Kind in seinem Kranz. Fort von der Lust zu der Lust!

Um 6 Uhr sank ich im Seifersdorfer Tale zum Goutieren nieder. Es war schon ein Josaphats-Tal von Schatten; das Abendlicht lief als vergoldetes Leistenwerk um die Berge. Stilles, reiches Tal! du umschließest, wie ein geschmückter bräutlicher Busen, mit Blumen und Hügeln das Herz eng und süß, und es pocht feuriger im schönen Gefängnis. Fort, fort, der Südost fliegt gerade über Wörlitz.

Mit der Sonne sank ich da in den wechselnden Garten, dessen Aussichten wieder Gärten sind. Da war mir, als gehe die Sonne eben auf; alle Tempel blitzten wie von Morgenlicht – erfrischender Tau überquoll den Boden, und die Morgenlieder der Lerchen flogen umher. – Lange, sonnentrunkne Perspektiven liefen wie glänzende Rennbahnen der Jugend, wie Himmelswege der Hoffnung hin – das goldne Alter des Tags, der Morgen, schien meinem schönen Wahne umzukehren. Ach, kein Morgen und keine Jugend stehet von Toten auf ohne eine

Nacht. Die langgegliederten Schatten standen wie angelandete Geister der Nacht an den Ufern und überfielen bald die verlassene Welt. Aber ich sehnte mich nach meiner Sonne zurück und stieg wieder auf, um ihr nachzusehen, wie sie hinter die letzten Gebürge fällt. Droben sah ich sie zehnmal und jedesmal schneller untergehen und ich flog immer wieder durch das Abwerfen der Erdenlast vor ihr sterbendes Gesicht – auf der ganzen Erdfläche lag schon schwarzer Schlaf – ich gab der Erde den letzten Stein zurück da sah mich tief unter dem Himmel das erloschne Sonnenangesicht recht bedauernd an, als hätt' ich meinen letzten Freudentaumel gehabt[28] – und unversehends begruben es niedrige Wolken oder Berge. Sogleich warf hinter mir der Brocken den letzten falben Rosenkranz des toten Brauttags weg und sah düster in die Welt; und der Himmel wurde zusehends unter meinen Augen mit Sternenflocken weiß überschneiet. »Teresa«, rief ich, »dein Abend glüht jetzt heller als dein Morgen! – Meiner ist blaß, und der Morgen ist vorbei.«

Achte Fahrt

Kerker – Selbstdefension – Spöhr – Scharweber – juristischer Nutzen der Elektrizität

Morgens um 10 Uhr. »Achte Fahrt« schreib' ich nur, um abzuteilen; denn ich meines Ortes sitze jetzt an einem Orte – gestern um diese Zeit trank ich in Lilar – fest, wo ich nirgends, daß ich wüßte, hinzufahren vermöchte, ausgenommen zum Teufel etwan.

Freilich will ichs euch erzählen – was soll ich Gescheuteres anfangen? –, so gram ich Millionen bin. Aber warum war ich gestern nicht unsäglich unmäßig und stürzte nur Freudenbecher in mich, anstatt mich in Heidelberger Freudenfässer? Denn ich konnt's haben. Konnt' ich nicht zu Kinderbällen unter dem Vorsitz der Mädchen-Schulmeister herunterschießen – und auf eine Insel in der Elbe zur Sieste – und zum musikalischen Karrenschieber Federle[29] unter mir – und mitten

972

---

28 Welche sonderbare Ahnung! D. H.

29 Ein in Deutschland reisender Künstler, der mit einem Karren, indem er ihn schiebt, eine Janitscharenmusik macht. D. H.

44

unter eine heilige Familie auf einer Waldhöhe, wo bunte Shawls an jungen Bäumchen wehten, der alte Vater rauchte und mit den dichterischen Augen auf den Welten des Frühlings lag und die schöne Tochter am wegflatternden Kaffeefeuer blühte und die Mutter über einige muntere kleine Springinsfelder Wache hielt? Aber ich wollte in das sanfte Leben der arkadischen Älpler nicht die Gärung des meinigen gießen. – Wo bin ich? –

Leider hier? Ich flog gestern nachts lange irre und wollte, endlich müde, auf Erden in einem Wirtshaus schlafen. Leider wollte der angebissene Mohnölkuchen, der Mond, gar nicht herauf, und ich konnte von der Stadt, wohinunter ich gedachte, nichts als die Talglichter erkennen. Ich sank ihr demnach langsam und guter Dinge zu, ohne zu merken, daß ich mich dem verfluchten Mülanz, dem ich den Galgenjubel nachgelassen, in den Schoß setze. Da ich nur sehr gemach – um mit den gläsernen Sänftendielen auf nichts aufzustoßen – niederging und oft im Sinken hielt: so kam ich vor einem hellen Fenster im vierten Stock vorbei, durch welches ich den Zensor Fahland neben einem Bette knien sah, wovon nichts Schlafendes ersichtlich war als ein weißes Händchen, das der Beter hielt. Der Chemiker machte über die Brennbarkeit weiblicher Diamanten seine Versuche. Ich drückte leicht das Fenster (an dessen Kloben mich heftend) auf und wollte seine auf dem Sessel schlafenden Strümpfe und andere zum Untern seiner Karten gehörige Kleider herausziehen, um ihn vor der Welt ins erbärmlichste Licht zu setzen; – und es gelang auch – aber indem ich seine Effekten in die Sänfte hineinhatte, schrie der Diamant im Bette: »Ein Räuber!« (er war da, aber neben dir, dummer Juwel! -) und unter mir riefen drei Nachtwächter dasselbe aus. Hätt' ich nur noch drei Pfund Steine übrig gehabt – von meinen sentimentalischen Aussichten in die Abendsonne –, so konnt' ich mich heben; jetzt fiel ich samt der Fahländischen Verlassenschaft dem Nachtwächtertrio in die Arme und Spieße.

Ich werde mich eurentwegen nicht noch ärgern und meine nächtliche Galle wiederkäuen dadurch, daß ich euch weitläuftig meine Tätlichkeiten, die ich an den Nachtwächtern bloß mit dem Posthörnchen verüben konnte, das Anrücken eines neuen Kontingents, mein wütiges Faustkämpfen und endlich mein gefängliches Abführen ins Rathaus sehr auseinandermalte.

973

Ists euch nicht zur Last genug, daß ich da noch sitze in der Haft?
– Man verschloß mich hier oben in diesen Saal, weil drunten alles besetzt ist durch den Wiener Schub, der mir endlich redlich nachgekom-
men. Eine hübsche Ehren- oder Schandwache vor der Saaltüre sieht
auf mich. Verdammt! allerdings ist es sehr komisch; aber das ist eben
verdammt. Mein Schiff und Geschirr seh' ich neben mir in einer fest
verriegelten Kammer.

Eben lässet mich der Mülanzer Stadtrat auf 11 1/2 Uhr vor seine
Session einladen.

Das Blut kocht mir auf; aber ich will einen Winter hineinwerfen
und es kühlen; ich will mit der Konsulta scherzend umspringen; ich
will überhaupt wie die confrérie de la Passion jede meiner Leidensge-
schichten in ein Possenspiel einkleiden. Diese erbarmungswerten Auf-
klärer, die wie eine frostige Hökerin vor ihrem Lichtlein gekrümmt
sitzen, das den Käufern ihre Äpfel und Pfeffernüsse zeigen soll, diese
Ackerpferde der Natur, wie werden sie horchen, wenn ich lächle und
gelassen bleibe und sie auf- und herumziehe! – Sollten sie mir einen
Eid antragen – nur der Teufel gäb' es ihnen ein –: so würd' ich in
meiner gedachten Kälte um die Eidesverwarnung anhalten, und sobald
sie aus wäre, ersuchen, mich stärker zu verwarnen, weil noch nichts
durchschlüge, und zuletzt würd' ich dastehen, noch stärkerer Verwar-
nungen gewärtig, zum Meineid bereit. Himmel! es laufen hier vierzig
Wege zum Scherz. Ich bin ein Honoratior. »Als solcher« (kann ich
ganz schußfest sagen) »seh' ich auf, daß man bei Schwüren, wozu man
mich treibt, die Türe zumache. Als solcher macht' ich mir von jeher
auf einen Hausarrest Hoffnung, indes ein anderer sich mit öffentlichem
behilft. Als solcher erwartete ich von allen Gerichten stehend eine ge-
richtliche Einladung zum Sitzen und unterscheid' es von einer gericht-
lichen Ladung zu sitzen. Der Honoratior dringt jede Stunde darauf,
schriftlich vernommen zu werden anstatt mündlich[30]; ich dringe ebenso
und will hiemit nicht gehört sein, sondern gelesen und sage kein Wort
weiter.« O es kann mir noch mehr einfallen; wer prophezeiet die Späße
des Menschen! – Gleich bei dem Eintritt – angesichts der Sitzung –
drück' ich, als bestäch' ich, dem Knorpelfisch, dem hagern Ratsdiener,
nichts in die Hand als meine. Herrlich, jetzt schlägts! –

30 Hommel observ. DCLXVIII.

Nachmittags um 2, 3 oder 4 Uhr. Verdammt sei der Mensch samt seinen armen Hunden von Vorsätzen – und die Mülanzer Schafshäupter und alles! Nur in der Luft dreitausend Fuß hoch sind noch Minuten von einem guten Tage zu haben. O ich könnte jetzt auch droben unter den Raben und Lerchengeiern sein! – »Nun wird er«, denkt die würdige Lesewelt, »ordentlich anfangen, uns seine Fatalitäten artistisch genug vom Händedruck des Knorpelfisches an bis zum Zornschaum des Stadtsyndikus *Spöhr* vorzutragen, damit es uns königlich ergötze.« – Nein, edle Lesewelt der Schreibewelt, noch sind wenig Anstalten gemacht, dich zu dieser Buchpartie zu laden, zu diesem Armbrustschießen auf mich auf der Stange. – – Freilich, überlegt man wieder flüchtig, daß es mir auf dieser Lesewelt unmöglich an Seelen fehlen werde, die ich durch mein Referat ebensosehr erbittere als den Mülanzer Schöppenstuhl – – Ja, ja, ich seh' es für meine Pflicht an, folgenden treuen Bericht von der Sache abzustatten:

Die Session war schon lange zu Tisch gesessen, als ich mit meinen Hummerscheren erschien als letztes Gericht. Der Stadtsyndikus Spöhr, der sich nicht wie ein Scharfrichter ehrlich richtet, sondern unehrlich und dessen Gesicht die Schwefelpaste von den Diebsphysiognomien ist, die er in die Justizwaage geworfen, zeigt schon durch das nachgebliebene Äußere, daß er schon aus dem Spiegel diejenigen kenne, die er zu richten hat; so ist in Nürnberg ein Schwein oder Rind an diejenigen Häuser gemalt, welche das Recht haben, eines einzuschlachten. Herr Spöhr hob mit der Spolienklage seine Sohnes an und hatte das corpus delicti, die Strümpfe und Halbkleider, dazu vor sich liegen. »Herr v. Fahland ist Ihr Sohn!« rief ich zweideutig, denn ich sah die niedrige Zweideutigkeit, daß er besagte corpora seinem Sohne zuschlage, um die Ehre seiner – Tochter zu retten. Jetzt wurde der Spöhrische Kopf ein mit Ehren- und Kleiderräubern feuernder Brückenkopf- und meiner ein vorrennender Sturmblock. O es ist etwas ganz anders, eine gedachte Schlechtigkeit und Beleidigung – diese ist scherzhaft zu handhaben – und dann eine gegenwärtige vor der Nase. Bei jeder lebendigen Schlechtigkeit fühl' ich, daß meine Anthropophobie oder Kollerader gegen die Menschen, die zuweilen an Tagen wie gestern auf der Haut verschwindet, noch ihr altes schwarzes Blut treiben und strotzen könne.

Dazu trat noch der zweite Ratmann *Scharweber* – als stolzer, kecker Mitschreiber an der Mülanzer Monatsschrift und Kantianischer Erlanger

Rezensent der Taschenbücher bekannt – und klagte mich als den Stadtpasquillanten (im Galgenjubel) an, als den Privatinjurianten des privilegierten Nachdruckers loci und zweier fallierten Handelsleute und endlich als den Harpunierer und halben Knöchler der Nachtwächter. Ich fragte nach nichts mehr, nicht einmal nach mir – warum soll der Mensch nur etwas wagen dürfen, und nicht ebensogut viel und alles? – Ich sagte zum Ratmännlein, das mich schon früher einmal rezensiert hatte: »In der hiesigen Dezemberschrift und in der Erlanger Literaturzeitung möget Ihr laut reden und pfeifen als ein treuer Hofsekretsschlüsselbewahrer[31] des Geschmacks und der Satire; die *Sieb*macher verfertigen ohnehin zugleich *Trommeln;* aber, Feind Scharweber, Ihr werdet der echten Satire mehr aufhelfen als ihr Gegenstand denn als ihr Richter[32]; richtet höchstens da, wo Ihr nicht wie hier einen Namen unterschreiben, sondern nur einen unterhöhlen müßt. Gott hätt' Euch mehr Gaben bescheren sollen, Scharweber, damit Ihr eher wüßtet, was Ihr wolltet, oder der andere in Satiren; Himmel, würde nicht die Heiligkeit des satirischen Feuers beschmutzt, wenn es nur als der Namenszug einiger Schelme, eines Nachdruckers und Bankbrüchigen, brennen wollte? Nein, die Kunst braucht die einzelnen Menschen nur als Farben*körner,* nicht als *Urbilder.* Sogar wenn ich die heutige Satire aufschriebe, setz' ich Euern Namen nur statt eines fingierten hinein.«

Dieser Grimm behagte aber den Narren; sie schritten zum Protokoll und nahmen mich für einen zu nah aufstoßenden Hasen, den der Jäger erst auslaufen lässet, bevor er ihn anplätzt. Scharweber fragte lächelnd meinen Namen und Stand – ich nannte mich nur den Edelmann Giannozzo und beharrte dabei; »aber ich würde mir,« (sagt' ich) »wenn einer von ihnen stifts- und degenfähig wäre, ein wahres Vergnügen daraus machen, solchen zu erstechen.« Der Wecker des Protokolls rollte jetzt unverschämt ab, um meine Antworten ganz unbekümmert; antwortet' ich z.B., ich hätte von Fahlands Ein- oder Auskleidung bloß einen Steckbrief verfassen und diesen dem Intelligenzblatt vertrauen

---

31 Bekanntlich eine Charge am englischen Hofe. D. H.

32 Ob dieses Ratmännleinchen und dessen Rezensionen fingiert sind oder nicht, darf ich nicht entscheiden, weil ich die Literaturzeitungen nicht ordentlich genug lese, sondern so wie sie mir auf Casinos im Durchstreifen in die Hände geraten. D. H.

wollen: so fragte der Ratmann weiter: »an wen ich ferner meine gestohlnen Sachen gewöhnlich absetzte.«

Ein Pferd auf dem Markte, das sich trotz Hieb und Stoß aufbäumte, befreite meine knirschende Seele. Ritterliches Tier, dacht' ich, wenn der niedrige Hund, gepeitschet, heult und wedelt und dient: so trotzest du stumm und blutig und bist nur der Milde folgsam. Ich schwieg wie ein Pferd, sobald ich mein Honoratioren-Privilegium schriftlicher Antworten im Ernste – und nicht mehr im Spaße, o wie verwünsch' ich auch das! – reden lassen.

Aber nun haft' ich hier ohne eine Ritze zur Flucht und mit langen Aussichten auf ein verfluchtes Leben, zumal bei meiner Offenherzigkeit.

In den Schwefelhöhlen und Hundsgrotten ersticket man, wenn man sich bückt; an Gerichts- und andern Höfen, wenn man sich aufrichtet. *Den Tag darauf.* Ich kontinuiere das Gestern. Die Aussicht auf heute war bloß, daß ich würde geärgert werden wie ein Truthahn, den man schlachten will. Das Auswanderungsverbot war an alle Wände meines Notstalles angeschlagen. Würgt' ich die Wache nieder, so stand ich an der Haustüre im aufsteigenden Knoten, und der Gerichts-Pöbel ging mit mir herauf Durchs Fenster auf das Steinpflaster konnt' ich springen – drei Stockwerke hoch. Meinen jetzt fixen Wandelstern, den Siechkobel, sah' ich hundertmal durch die Fugen an; konnt' ich dazu kommen – welches platt unmöglich war, wenn ich nicht die Türe in Brand steckte, was ich fast wollte –, so füll' ich meinen Kobel halb inner-, halb außerhalb des Fensters und entfuhr.

Jede Not liegt so lange als Inkube felsenschwer auf der Brust, als man kein Glied dagegen regen kann; fängt das Arbeiten dagegen an, so höret der Alb auf. In solchen Nöten fallen einem nichts ein als wieder andere; habe die Beine im Fegefeuer, so kleben die Augen an der Hölle. So griffs mich z.B. unsäglich an, daß ich – indes elende Schreiber wie Älian und Pausanias auf dem Schneeballen und Pfebenkürbis, den sie ihren Kopf nennen, einen immergrünen Kranz herumtragen – künftig so wenig unsterblich werde als der Altonaer Postreuter. – Lauter Zukunft peinigte mich als Gehülfe der Gegenwart: 1874 und 1882 schleicht die Venus wieder durch die Sonne, und es ist ganz unmöglich, daß du den Vorgang observierest, sagt' ich.

Aber da abends um 11 Uhr ein majestätisches Gewitter kam, das ordentlich zu gut und zu erhaben war für die Werkeltagsstadt: so flog der göttliche Gedanke in mir auf, allemal, während der Donner auf seiner Heerpauke fürchterlich wirbelte, an die Kammertüre wie ein Sprengblock mit dem ganzen Leibe anzurennen und sie etwan einzustoßen. Ich rannte vor – ich setzte nach jedem Blitze zu meinem Erdstoß an – die Wache rechnete mich zum Donner und sang ihr Wetterlied – und endlich schlugen zwanzig solche Pralltriller durch. Aber jetzt das schnelle halbe Füllen meiner Schnellkugel – das Befürchten der Wache, mit der ich freilich bei der Wut meiner Arbeit wenig Umstände würde gemacht haben – das hundsüble Fortfüllen, als ich die Kugel zum Fenster hinausgehangen – das Reißen des Sturms – das Anleuchten der Blitze – das Verkündigungsfest des heraufsehenden Nachtwächters – das Hereinstürmen ins Gefängnis – die Hölle des Losschneidens – das Aufzucken – das Nachsteigen kleinerer Trabanten und Kugeln d'Atour aus Büchsenläufen – das betrunkne, an alle Dächer gehende Antaumeln des noch nicht vollen Luftspringers – das hebende Auswerfen der Möbeln – und das Eintauchen ins dicke, triefende, sprühende Gewölke – – das alles soll bloß denen, die aus dem krachenden, brennenden Toulon rannten, den Höllenweg nach dem Hafen ein wenig wieder auffrischen.

Doch möcht' ich den Spaß fast wieder erleben, denn es war keiner, sondern etwas Rechtes.

Neunte Fahrt

Das Schadenfeuer – die Festung – Blanchard – der Bühnen-Messer – Rosiza

Die Erde war mir jetzt ein Meersboden voll ungestalter Seetiere, zu welchem ich mit meiner Täucherglocke gar nicht mehr herunterwollte, ob ich gleich neue Möbeln einzukaufen hatte. Nur einmal landet' ich auf einem Saatfeld, um frisches Gestein einzunehmen. Ich ging sehr hoch und konnte, als ich über Kasselhessen[33] schiffte, bloß dessen Mikromegas, den Herkules, sehen, aber weder Menschen noch Vieh

33 Es ist schwer zu begreifen, was er damit haben will, daß er den Namen umkehrt, so wie damit, daß er weiter unten Berlin, wovon er offenbar spricht, den Namen *Rosiza* schenkt, der einem Ortlein im Ziller-Kreis in Steiermark gehört. D. H.

noch Feldbau. Pernety schreibet sechs Fuß Sehweite vor für ein Gesicht, das gemalet sein will; und so ist für meinen Pinsel die Erde nach Verhältnis gerade in der rechten Erdferne von meiner Zeichenfeder.

Es machte meine Liebe zum Erdkreis nicht fetter, daß in einem mir unbekannten Städtchen am hellen Mittage ein Haus in vollen Flammen und doch die Zuschauer bloß das Feuer besprechend, nicht begießend dastanden und keine Feuerglocke ging.[34] Es nagte und leckte schon an einem nahen Sparrwerke. Der Bauherr des letztern dauerte mich sehr; dieses gewaltsame Festhalten an der Schwelle der Laufbahn hätte mich tyrannisiert als das Krummschließen am Ziele derselben.

Jetzt ging der Luft-Kaper gegen die Festung *Blasenstein* zu; ich beschloß, die Besatzung zu alarmieren. Gerade über ihr setzt' ich mich tiefer in der windstillen Region fest; und blies den Marseiller Marsch herunter. Himmel! nun wurde das Reichsfriedensprotokoll, die Festung, ein Kriegsschauplatz – alles, was waffenfähig war, rückte ins Freie aus, und die Festung tat einen Ausfall in die Festung selber in völliger Bereitschaft, den Feind über sich nachdrücklich zu empfangen. Der Kommendant ließ mir durch ein Sprachrohr zurufen, mich der Festung Blasenstein nicht weiter zu nähern, sonst müss' er schießen lassen. Ich warf an einem Stein die französische Antwort herab: »Herr Kommendant! ich kenne Ihre Pflicht recht gut, aber ich kenne auch die meinige. Meine Schiffsmannschaft ficht bis auf den letzten Mann, falls Sie es wagten, uns zuerst feindselig zu behandeln. Sie sehen aus dem Stein, an den ich die Antwort gebunden, daß wir mehr Wachteln[35] zu tapfern

---

34 Von solchen schiefen Seitenblicken wimmeln alle Reisehistorien zu Wasser und zu Land. Es ist ja offenbar, daß das Feuer in einem Residenzstädtchen brannte, wo man nicht eher Feuerlärm und Anstalten machen konnte, als bis es der fürstlichen Familie vorher gesetzmäßig angezeigt worden, weil sonst Schreck derselben die unmittelbare Folge vom Trommeln wäre, zumal nachts. Allein da doch auch dieses spätere Notifizieren das Zusammenfahren der Familie nur verschiebt, nicht ersparet: so wär' es vielleicht vernünftiger angefangen, wenn man ihr – besonders im ersten Schlafe – die ganze Not verhehlte und alles bloß leise löschte und nur durch stille Weckanstalten mit den Händen von Bette zu Bette die Leute zusammenbrächte, besonders da ich nicht sehe, inwiefern die Familie dabei interessiert ist, solange das Schloß nicht brennt. D. H.

35 Dreipfündige Handgranaten.

Kernschüssen geladen haben als der Wachtelbischof auf Caprea[36] indes
Sie, mein Herr, Ihre Kanonen und Mörser gar nicht gegen uns steilrecht
nützen können, sondern sich bloß auf kleines Gewehrfeuer zurückge-
bracht sehen, das bis hieher, mehr zum Lauf- als Flugschießen ge-
braucht, nicht viel tun kann. Aber ich geb' Ihnen mein Ehrenwort,
daß meine Flotille Sie weder angreifen noch die Festung entern oder
berennen soll, da sie bloß als Observationsflotte hier stehen will.
Empfangen Sie, mein Herr etc. etc. etc.

Jean Jean
Bürgerkapitän des Siechkobels.«

Ich sah, daß der Kommendant einen kurzen Kriegsrat mit seinem
Stabe hielt. Endlich hörte ich wieder das Sprachrohr, und die Antwort
der Festung war, ich sei ein Schlingel und möchte mich sogleich fort-
packen, ohne länger zu spionieren. Ich replizierte durch den Stein:
»Herr Kommendant, eine halbe Stunde Zeit bitte ich mir zu einer
entscheidenden Antwort aus. Empfangen Sie, mein Herr, etc. etc. etc.«
– So lange wollt' ich alles, was die stehende Sommerkampagne mit-
machte, mit aufwärts gehaltnen Läufen, die gleichsam das Gewehr vor
mir präsentierten, unten stehen sehen. Ich setzte folgendes auf:
»Schlingel, mein Herr, ist ein Titel, den weder das Völkerrecht noch
die große Nation an ihren Schiffskapitäns gewohnt ist; ganz Europa
ist aber Zeuge, daß Sie mir ihn beigelegt. Sich und der Ungeschliffenheit
schreiben Sie es nun zu, wenn die große, aber geschliffene Nation Ihren
Blasenstein vom Kaiser zum Faustpfand verlangt und dann schleift.
Ich sehe, daß die Festung sich vor mir fürchtet; verteilen Sie Gözens
Todesbetrachtungen auf alle Tage unter Ihre Garnisonisten; diese bele-
ben; der Krieger wird dreist, wenn er daraus immer zu sich sagt (jetzt
sah ich hinunter, die Besatzung observierte in einem fort den Brief-
schreibenden Kobel, der sie blockierte): ›Ich will stets mein Ende bedenken, damit es mir wohl gehe; jede Kugel, jeder Spieß soll mir zurufen: ich treffe dich, und wenn ich meine sterblichen Glieder beschaue,
will ich mir vorhalten, wie leicht sie weggeschossen sind. Gedenke des
Todes, Soldat!‹ – Wie gesagt, das stärkt. Indes sollen Sie meiner Sche-
renflotte wegen für keinen Heller Belagerungsmünzen machen müssen;

---

36 Das Wachtelbistum hat diesen Namen, weil die jährlich zweimal darüber-
    ziehenden Wachteln viel eintragen.

ich segle jetzt ab, nachdem ich Ihren ganzen Blasenstein genau genug besehen und abgezeichnet habe. Empfangen Sie etc.«

Ich schickte den Brief-Stein oder die Brief-Wachtel samt einem Fluge anderer hinab, und der Orlogkobel fuhr höher hinan und hinweg, unter dem entschlossenen Nachfeuern der ganzen Besatzung. –

Der Tempel der Natur war voll ruhiger Kolossen gelagert, aber der Mensch stieg klein und kleinlich auf ihnen herum; er steht in diesem Tempel wie die römischen Deputat-Juden in dem christlichen, wo sie niesen, husten, scharren, um nur dem Bekehren zu entkommen. – Aber warum hab' ich das Unglück auf meiner ganzen Fahrt, daß kein Nordost bläset, der mich über die Schweiz führte?

Diese hehre, heilige Gegend konnt' ich wenigen, am wenigsten dem daherfliegenden Frosch, der sich gerade wie ein anderer im dünnen Luftraum aufbläset, nämlich dem erbärmlichen Luft-Styliten Blanchard vergönnen, der für Geld seinen Küstenhandel nahe an der Erde trieb, und der jetzt mit dem tiefern Gegenwinde daherfuhr. Ich, zu einem Luft-Treffen fertig, stieß wie ein Falke auf sein Schiff, sah' es aber leck nur langsam sinken; der Sünder hatte manches an sich, was er hätte brechen mögen, den Hals kaum gerechnet. Mög' einer diesem Windschiffer einmal hinter einer Windbüchse nachschauen!

Als ich über das *Laucher* Komödienhaus wegzog, dankt' ich dem Himmel, daß ich nichts davon sah als dessen Zeitmesser an den Mauern. Wie Wasseruhren an den griechischen Festen (nach Aristoteles) den wetteifernden Bühnenstücken die Dauer ihrer Aufführung zumaßen: so standen nicht tragbare, sondern tragende Wasseruhren, die Laucher Herren, gegen die Wand des Hauses gebogen, und die Länge der Szenen war aus der Länge ihres Standes leicht zu ermessen.

Häßlich spät ging ich in *Rosiza* nieder in der Jüdenstraße (keiner Judengasse), bloß um meine Schaukel zu amöblieren. Doch mußt' ich mich noch abends mit dem Wirt überwerfen, der durchaus wissen und nachher notifizieren wollte, zu welchem Tore ich einpassiert sei, weil man den Torzettel mit seinem Nachtzettel konfrontiere. Da ich nun zu gar keinem hereingekommen: so ließ er mich offiziell visitieren, um zu wissen, ob ich nicht den König betröge. – Am andern Tag stieg ich und ein Drache, den ein Junge als meinen Statisten und Nuntius de latere emporschickte, nebeneinander in die Luft; die Straße war etwa mit einer fünf Schuh hohen Lavaschicht von zuschauenden Rosizer-Köpfen überschüttet, welche immer weiterfloß. Rosiza wollte mich mit meinen alten Freunden – mit seinem Freiheitsgeiste – und seinem Gesellschaftstone so verstricken wie sonst; aber der Südsüdwest blies, und ich war des bewohnten Landes satt und so durstig nach dem leeren, reinen Meer.

Zehnte Fahrt

Stadt Ulrichsschlag – Herr van der Haft – der Staat ein Industriekomtoir – Kleiderordnung für Bücher

In diesem Ich-Besteck, in diesem Leibe, braucht man, man ziehe immer die reine Seeluft des Luftsees ein, doch stets seinen Taler Geld. Welcher Luft-Schiffs-Herr von Bedeutung wäre nicht bei einem Südsüdwest, der in die Ostsee trug, gerade über *Ulrichsschlag* weggesegelt, wenn er nicht leider darin gerade einen Großoheim hätte, dem er einen Prima-Wechsel präsentieren kann? –

Diese dumpfe, wühlende, in der Walkmühle der Arbeit dampfende Stadt – wovon ganze Gassen an *einem* Knochen, an *eine* Silberstange nagen und schaben – taub gegen Freude und heiß dahinrennend wie ein Gaul, dem man eine bleierne Kugel ins Ohr gesetzt, und in den Gehirnkammern von einer gedrückt – – diese fleißige Stadt und Menschen-Holländerei hatte das Glück, meinen Großohm zu behausen, den Herrn *van der Haft*, einen edlen Bankier, der aus dem Geld nicht viel macht, sondern nur wieder Geld und der das »nach Belieben« auf den Komödienzetteln über setzt in »tel est notre plaisir« und daher weniger gibt als der Geringste.

Ich wäre aber beinahe in die zugesperrte Judengasse – einen brüten-den, summenden Schwarmsack von Menschen – gefahren, hätten mich nicht glücklicherweise zwei Juden[37], welche Hand in Hand abbliesen und absangen, um sich wechselseitig zu decken, seitwärts hinaus gesun-gen und geblasen durch die Doppelsonate und das doppelte Ausru-fungszeichen. Im Vechter-Viertel lief ich im Gasthof zum Vielfraß ein. Den Morgen darauf trug ich meinen Wechsel ins Franecker, wo mein Oheim wohnt.

---

37 So singt und wacht auch in Kowno in Polen (nach Schulz) ein Nacht-wächter-Dualis aus Furcht zusammen. D. H.

Es versetzte meine Phantasie magisch ins schöne Holland, wo zwar die Besitzer unreinlich, aber die Besitzungen so äußerst reinlich sind, da die Magd vom Haus, als ich über die neugewaschene Hausflur gestiefelt wegschreiten wollte, mich auffing und mir sagte, ich müßte mich aufsetzen, sie trage mich zum gnädigen Herrn ins Zimmer. Ich ritt als närrischer Zentaur ohne Bügel und Zügel auf dieser Filial-Rosinante vor die Stubentür meines guten Schwertmagens hin und saß ab. Ein altes, lächelndes, rundes, voll Radien gestrichenes, wie ein Dotter im dicken Eiweiß einer Perücke schwimmendes Gesichtlein, auf einem Körperlein seßhaft, nahm mir mit vielen Höflichkeiten den Prima-Wechsel aus der Hand und fragte mich – ich hatte mich nicht genannt –, ob die Zahlung an Ordre zu stellen sei; »ich bin Herr Giannozzo selber und Sie mein Herr Großohm«, sagt' ich Er bewillkommte ohne Erstaunen seinen Urneffen, sagte sogleich darauf, der Wechsel a uso sei hier erst nach 3 Respit-Tagen und 14 Usos-Tagen zahlbar, er woll' ihn aber (er dachte, ich würde sein Gast) ohne einigen Abzug noch heute »vergnügen«. Als ich ihm freilich sagte, ich bliebe im Vielfraß, tat es ihm leid.

Während der Zahlung a vista schritt ich im Zimmer auf dem Kreuz-Trottoir und breiten Stein zweier Wollendecken auf und ab und konnt' es nicht von mir erhalten, daß ich nicht über den wollenen Fußsteig austrat ins junge Holz. Ich strich das Geld ein, und zauderte mit der Übergabe des Wechsels. Was mich wundert, ist die allgemeine Ehrlichkeit der Menschen: so sehr es scheint, als wenn sie einander ordentlich nicht trauten – da ihnen Wort und Schrift noch keine hypothekarische Versicherung der Bezahlung scheinen –, so sah' ich oft mit meinen Augen, daß der eine das Kapital dem andern und dessen Gewissen zuweilen 3, 4 und mehr Minuten anvertrauete, ohne das Papier ausgewechselt zu haben. Wären die Menschen weniger ehrlich: so müßte man fodern, daß der, der einen persönlichen Wechsel bezahlte, indem er mit der einen Hand den Wechsel zurückholte, mit der andern das Geld hinreichte, weil er das Papier ja sonst unbezahlt wütig fressen könnte. Wir ehren uns selber durch dieses Vertrauen. Freilich geben edle Seelen – z.B. mein Großonkel Summen Geldes – da dieses dem Gifte so ähnlich und wie dieses in großen Portionen gefährlich ist und nur in kleinen offizinell – wie Materialhändler dieses Gift-Metall oder Metallgift nur gegen *obrigkeitliche* Permisse und *Scheine* aus; aber das ist gutes Herz, der andere soll sich nicht damit vergiften durch die große Portion.

Ich ritt wieder über die Hausflur hinüber, eingeladen zu einem Eß-Jubiläum oder Eß-Quinquenell auf morgen; denn von fünf zu fünf Jahren gibt er ein Essen. – – Ich komme jetzt davon. Man seh' es einem Urneffen nach, wenn er selber seinem Schwertmagen – zumal von dessen Tischtuch herkommend – mehreres nachsieht und dessen Filzigkeit, so gut er kann, schön anstreicht; denn, in der Tat, ein alter Mann, der immer noch tiefer ins kalte Alter hineinsegelt, gleicht zu sehr den Schiffen, die nach Norden gehen, welche stets mehr Vorrat laden müssen als die, welche nach heißen Ländern laufen. Gräbt nicht das ganze Jahrhundert nach den beiden besten Heilmitteln der *Säuere* und der *Kälte?* das ist aber *Kalk* und *Phlogiston;* und beides macht nach den Chemikern glücklicherweise die einzigen Bestandteile des Goldes aus. Wer ist nun sauerer und kälter als ein Graukopf? –

Es gibt kostbare Gastmahle, wo man wie in der Poesie mehr auf Form als Stoff, mehr auf Löffel und Schüsseln invitiert ist als auf ihr Eingebrachtes; mir und der Ulrichsschlager Kaufmannschaft wurde vom Ohm das feinste Steingut, fünf herrliche Schüsseln von Silber vorgesetzt, und zuletzt wurde ein niedliches Dessert-Besteck von Gold aufgetischt. Noch länger als das Tischtuch war das Tischgebet; und kein Handelsmann schämte sich wie ein Weltmann, das Wort Gott oft zu brauchen. – Nein, ich knirsche die Zähne über die gewinnsüchtigen Heuchler, die Menschen, welche bei ihren Bergwerken, bei ihren Lotteriedevisen[38] Gott wie einen Fürsten zu Gevatter bitten, damit er ihnen ehrenhalber ein Patengeld in die Windeln schiebe – welche bei dem Allerheiligsten wie wir bei einem Titularrat immer seinen Titel anbringen, um ihm zu schmeicheln und abzubetteln. Wär' ich der liebe Gott: so sollten mir die Holländer, die vorher, eh' sie mit ihren Heringsbuisen auslaufen, eine Predigt und ein Lied anhören und um Heringe seufzen, nicht einen Schwanz fangen. O das größte Sammelsurium von Widerspruch, Wahnsinn, Habsucht und Tücke ist ein menschliches gedrucktes Gebet! – Nur du, heiliger Fenelon, konntest beten, denn du liebtest Gott!

Ein Ulrichsschlager klagte über die Handwerksmißbräuche und brachte bei, daß der Professor Hausen erwiesen, daß schon einer mit-

---

38   Beide haben Namen wie z.B. Gotthilf, Gottes Sorge etc. D. H.

telmäßigen Stadt – wie unserer z.B., sagt' er – bloß durch den blauen Montag in 1 Jahr netto 13541 Tl. 16 Gr. vor die Hunde gehen. O wenn ich diese Saite höre! – »Meine Herren!« (fing ich an) »das ist erst nur *eine* Staats-Bankerutt-Quelle und mehr nicht. Aber ringsum springen die Quellen wie Böcke. Außer der Gesundheit wird durchaus nichts häßlicher verschwendet als ihr Surrogat, die Zeit. Welche entsetzliche Summen kostet einem Land der Schlaf, da es durch strenge Schlaf-Edikte leicht dahin zu bringen wäre, daß es nicht mehr schliefe als jeder Nachtwächter! – Werfen wir nicht jährlich wieder 13541 Tl. 16 Gr. zum Fenster hinaus, daß wir den Sonntag feiern am – Tage, da wir wie andere Völker nachts in die Kirche gehen könnten, wo die Dunkelheit die Andacht, und die Schlaf-Karenz die Buße nicht verderben würde? – So muß auch nicht als etwas Kleinliches aus der Unkosten-Rechnung alles das ausgelassen werden, was das Land jährlich an zwei Personen einbüßet durch Balbieren, indes mit dem Barte der Staat wüchse – und durch Donnerwetter, weil dabei nur Gebetbücher ergriffen werden – und durch stehende Tischgebete, die man ja sitzend still in sich unter dem Käuen verrichten könnte – und durch fremde Passagiere, denen der Staatsbürger durchs Fenster nachsieht da jeder Narr, der in der Stadt nichts verzehrt und nur durchpassiert, um dieselbe reiten könnte – und besonders durch das allgemeine Müßiggehen und Faulpelzwerk der linken Hand und zweier Füße. Was Nicolai zu allem diesen sagt, möcht' ich wissen. Abgerechnet die wenigen Spinner mit zwei Händen – oder die Krippel, die einen guten Fuß schreiben, nicht eigenhändig (m. ppr.), sondern eigenfüßig (p. ppr.) – oder die Wilden, welche mit den Füßen stehlen und außer den langen Fingern und Diebsdaumen noch lange Diebszehen haben und in einem andern Sinn Räuber zu Fuße sind: so tun gerade drei Viertel am Menschen nichts, und er hängt voll Faultiere. Sapperment! kann nicht die Hand oben und der Fuß unten ein Paar Handwerke zugleich treiben? Ist der Tanzmeister, indem er unten mit den Füßen das Seinige tut, nicht zu gleicher Zeit der größte Spieler oben auf dem Geigelein? Und könnte einer, der von oben herab Friseur, Stricker, Wollenkratzer, Former wäre, nicht zugleich von unten hinauf ein Läufer, Fußlanger, Tretrad-Wandler und Orgel-Balgentreter sein? – Wahrlich, der Staat könnte durch ein strenges Wegschneiden aller dieser Eß-, Bet-, Buß- und Gliederferien dahin hinaufgearbeitet und gezogen werden, daß er ein ordentliches großes Raspel- und Arbeits-Haus würde, überall mit emsigem Sitz- und Greif-Fleisch ausgepolstert, alle darin schwitzend, keuchend, kartätschend, scheuernd und wütend, ohne sich nur umzugucken und ohne sich zu scheren um Lust und Liebe und Himmel und Hölle. – Ulrichsschlager! ihr seid fast die Leute dazu.«

Ich werde sogleich fortfahren bei ihnen; ich will nur erst ein solches Arbeitshaus herzlich zu 10000 Teufeln wünschen und in die Hölle (eine solche Vorhölle) und vorher unter dasselbe einen hübschen Minengang zum Aufsprengen.

»Anlangend das Geld,« (fuhr ich fort) »dieses Herz des innern Menschen, so bedaur' ich seit Jahren die Staaten, die es verfressen und versaufen. Die besten schneiden ihren Festungs-Sassen nur das Kaffeewasser ab; aber warum lassen sie zu, daß der Kaffee seine Repräsentanten ins Unterhaus schickt, Zichorien, Eicheln, Rüben und den Satan? Warum stopft man – dieselben Gründe schreien – der Glückseligkeitslehre nur *eine* Quelle zu? Warum wird Tee, Wein, Fleisch, Bier, Gebacknes so frei zugelassen? Desgleichen Obst, Gemüse und alles nur Leckerhafte, da gesundes Brot seinen Mann ernährt? – Mit alle diesem könnte ja gehandelt werden nach auswärts und ein hübscher Pfennig Geld ins Inland gespielt – alle Waren würden, wenn mans täte, wie bei den edeln Holländern die französischen Bücher, nur spediert und verlegt, ohne das geringste Konsumo – Ulrichsschlager! würde dann nicht das Staatsgebäude ein großer, blanker Silberschrank und alle Untertanen Preziosa für den Fürsten, die er angreifen könnte in der Not?« –

Ein *genießender* Mensch nimmt mich zwar nicht ein, weil der Genuß das selbstsüchtige Selbst entblößet; aber ein *sich Freuender* erfreuet mich, weil die Freude ein reiner Äther ist, worin alle Sphärentöne klingen und fliegen können. Madame Helvetius wünschet, es gäbe Flüsse von Brei, damit nur der Magen in Ruhestand käme; wer würde dann an ihren Ufern wohnen? Offenbar Otaheiter, Griechen, Italiener, Hindus, zu denen die Grön- und Feuerländer und andere Türmer aus den beiden Hungertürmen der Pole herübergucken könnten.

Van der Haft und die übrigen Hafte fanden – ein paar Detail-Händler ausgenommen – meine Grundsätze ganz durchdacht, aber fast zu strenge und schwer ausführbar. – Der Großonkel nahm mich nach dem Essen – er hatte 2 1/3 Glas Wein im alten Kopf – freundlich beiseite und bat mich, ihm ohne Scheu sub rosa zu entdecken, auf was ich eigentlich mit meinen äronautischen Versuchen hinzweckte. »Ich?«

(sagt' ich) »auf nichts, auf Spaß!« – »Ernsthaft, Neffe! Höhenmessungen, astronomische oder meteorologische Versuche, Untersuchungen der Wolken können Sie mir ohnehin eingestehen; aber greifen Ihre mühsamen Reisen nicht mehr ins praktische Leben?« – »Wahrlich, bloß zur Lust leb' ich oben und aus Ekel am Unten.« – »Und deshalb setzen Sie Ihre Gesundheit in der kalten, feinen Luft zu?« – »Herr, die setzt jeder Schuster, jeder Autor, jeder Stubensitzer zu; denn um ganz gesund zu leben, muß man leben wie ein Vieh, wie ein Bär oder Hirsch.« – »Und wenn Euch eine Gewitterwolke an sich zieht?« – »Darauf dacht' ich oft; dann wär's aus; aber ich werde wohl mein Ziel vorher fassen – warum will ichs meinem guten Großohm nicht sagen? Ich reise als geographisch-militärischer Luft-Spion, nehme dann in Schwaben französische Dienste und versuche mein Glück, wenn mich keine Kugel trifft.« – »Das hör' ich gern, Neffe!« sagte der Narr. – – O die Blinden! dem Magen darf man – sie erlaubtens – alles opfern, die Jahre, das Blut, sogar ein Stück Tugend; aber dem Herzen, der Lebensfreude nichts, als was jener vom Opferaltar ungefressen übrig lässet, und die heilige Psyche ist euch nichts als der Futtermarschall, Erzküchenmeister und Erbvorschneider, ach, der Küchenjunge des Magensacks! Geht, ich will wieder hinauf! – –

Ich könnte heute im Vielfraß keine Zeile mehr in mein Seebuch schreiben, aber hereinheften will ich ein herpassendes Aufwandsgesetz, das ich im Namen des Fürsten Saturns (sein Land kam oben vor) als expedierender Sekretär abgefasset.

Kleiderordnung für sämtliche einwohnende Bücher unsers Landes

Wir etc. etc. etc. werden mit äußerstem Mißfallen den Luxus innen, der in unsern Staaten um sich frisset. Bettler prunken schon in kouleurten humoristischen Habiten, aus einem teuern Gehäcke von allen Zeugen genäht, als wandelnde Farbenpyramiden wie Motten einher, indes ihr Stand ihnen zuruft, gleich Grazien und Würmern bloß den spartischen Schleier der allgemeinen Zucht um sich zu schlagen; wir wollen aber hoffen, daß es nur ausländische Bettler sind, welche freilich die spartische Nationalkleidung unseres Landes nichts angeht.

Allein bei den Büchern ist der Kleiderluxus ebenso klar als enorm. Geistliche, andächtige Werke, die sonst im bescheidnen Priester-Ornat und Trauermantel einherwandelten, kleiden sich wie Gecken nach englischem Schnitt und tragen Tressen und reden doch von Gott. – Juristen-Kinder gingen sonst wie die Schweine, nämlich in deren Leder, oder auch in Schafskleidern, oder ein hölzerner Skaphander war der Rock der Gerechtigkeit, und ihre vier Hufen waren mit Eisen beschlagen; jetzt springen sie uns als Halbfranzen, als Perlhühner entgegen, und wollen gleichwohl Leute en longue robe vorstellen. Es sind die alten Folianten gar nicht mehr, ob sie gleich ihre Sprache reden.

Die Ärzte gehen in Marmor anstatt wie sonst in Halbtrauer – Die historischen, die philosophischen Werke tragen sich, wie sie wollen – Andere sind im demineglige broschiert – Einige laufen türkisch oder im türkischen Papier – Die sogenannten Monatsschriften haben zwar nichts an sich als die Haut, tätowieren sich aber diese bunt – Viele Romane kleiden sich so ausschweifend, z.B. in drap d'or, daß sie sich immer in Überröcke und Staub- und Pudermäntel stecken müssen.

Den ärgsten Unfug verführen aber die Neujahrs-Hausierer und Gratulanten, die Almanache. Diese zusammengebrachten Kinder schlagen ihren guten dürftigen Eltern, die selten etwas Ganzes anhaben, wenig nach, sondern schämen sich ihrer und treten in goldnen Gilets, in Seidenröcken oder als patres purpurati (in Maroquin) daher und schnalzen als Goldschleien durch die Finger. Diese Kreaturen sind ordentliche Schaltiere, sitzend immer in Rinden- oder Wachthäuschen, Sänften, elastischen Korsetts oder kleinen Selbstrepositorien[39] woraus man sie erst kriegt und lockt, wenn man sie an ihrem bunten Schärpen- oder Ordensbande zupft.

Wir etc. etc. können nun nicht länger zusehen, daß das Gold und die Farbe, die sonst der Chrysograph und Rubrikator in die Bücher anbrachte, jetzt wie oft bei den Besitzern nur außen an ihnen klebe – daß gutes Leder, das so sehr zu Hosen, Trommeln und Schreibtafeln den Menschen dienen kann, von Büchern getragen werde – daß das beste, stärkste Papier statt nützlicher patriotischer Waren Bücher einfasse, die ja selber um jene Waren gehören – und daß dieses gottlose Wesen so steige wie in London. – Sondern es soll jetzt von Uns verordnet werden, daß die sämtlichen Bücher-Schneidermeister, anstatt Tuchlieferanten zu sein, bei ihrer Heftnadel bleiben und nur Buchhefter, aber nicht Buchbinder sind, wie sie immer in den »Nachrichten an die Buchbinder« heißen. Die Nationalkleidung aller Werke soll natürlich

39 Futteralen.

und wie die der Zeitungen und vernünftigen Monatsschriften sein, nämlich entweder ein Schmutztitel vornen und das Ende und Bergleder (das Register) hinten, oder höchstens die beiden weißen Buchbinder- oder Hemd-Blätter.

Bloß diejenigen Werke, die an den Hof zur cour en robe gehen wollen, oder sogenannte Dedikationsexemplare sollen die gewöhnliche Buch-Toilette machen und in goldgestickten Anzügen und in feiner, weißer Wäsche erscheinen, worauf der Hofbuchbinder, der grand maitre de *garderobe* der Bücher, vorzüglich zu sehen hat. Denn da das Widerspiel der Biber, wovon die einsamen ein schmutziges abgerissenes Fell, die geselligen aber ein feines nettes haben, sowohl von den Menschen als den Büchern gilt: so ist gerade ein Hof der Ort, wo sich das feine Kleid eines guten Buches am besten konserviert, zumal vom fürstlichen Wappen gedeckt, und wo niemand Hand an das schöne Gold seines Bauches legt. etc. etc. etc. etc.

*

Ich dürstete nach dem Meer; und siehe, ein Sturm arbeitet jetzt draußen, der mich noch heute über seine Wüste führen kann.

Elfte Fahrt

Das Meer und die Sonne

In Norden dämmerte die Sonne hinter den Orkaden – rechts nebelten die Küsten der Menschen – als ein stilles, weites Land der Seelen stand das leere Meer unter dem leeren Himmel – vielleicht streiften Schiffe wie Wasservögel über die Fläche, aber sie liefen zu klein und weiß unter dem Schleier der Ferne – Erhabene Wüstenei! über dir schlägt das Herz größer! – Auch du gehst fort, bleiche Sonne, und als ein weißer Engel hinab ins stille Kloster der Eismauern des Pols und ziehest dein blühendes, auf den Wogen golden schwimmendes Brautgewand nach dir und hüllst dich ein! – Die Blasse im Rosenkleide! wo ist sie jetzt? Wird sie in ein warmes, reges Auge schimmern zwischen den Eisfeldern? – Ich schaue herab auf den finstern Winter der Welt! Wie stumm und unendlich ists da unten! Das allgewaltige fortgestreckte

Ungeheuer regt sich in tausend Gliedern und runzelt sich, und nichts bleibt groß vor ihm als sein Vater, der Himmel! – Großer Sohn! führest du mich zum Vater, wenn ich einmal zu dir komme? –

Welcher Goldblick! Im Abendrot glüht Aurora an. Was reißet so schnell das schwarze Leichentuch vom Wasser-Orkus weg? – Wie brennen die Länder der Menschen wie goldne Morgen! O kommst du schon wieder zu uns, du herrliche, liebe Sonne, so jung und rosenrot, und willst wieder freundlich hinziehen über den langen Tag und über die Gärten und Spiele der Menschen? – Glühe nur herauf, Unsterbliche! – Ich stehe noch kalt und bleich an meinem Horizont und gehe noch hinunter zu dem dunkeln Eise; aber werd' ich auch wie diese, o Gott, wärmer und heller aufgehen und wieder einen heitern Tag durchlaufen in deiner Ewigkeit? –

Zwölfte Fahrt

Die hohe Schule St. Görgen – dasige Philosophen und Philologen – das falsche Echo – kostbares Fragment von J. P.

Jetzt würd' ich vielleicht nach der Schweiz gelangen, wenn der Wind nur noch drei Tage so südlich fortbliese. Es schadete nichts, daß ich bloß auf einen einzigen mit meinem Luft-Marktschiff einen Wind-Markt, die Universität St. *Görgen*[40], bezog. Unter der Niederfahrt flog ich vor einem hohen Fenster vorbei, wodurch ich den berühmten Deutschlands-Renner *Langheinrich*, der schneckenmäßig jedes passierte Städtchen mit seiner reisehistorischen Dinte beschleimt, steif auf einem Sessel sitzen sah, ich weiß aber nicht – denn er steht schon als dessus de porte vor der allgemeinen deutschen Bibliothek –, ließ der Harttraber sich ab zeichnen oder einseifen. Beiläufig! warum verschleudert man ein ganzes heraldisches Figuren-Kabinett von so vielen Ökonomen, Philologen, Juristen als Titelblatts-Vorzimmer für Krünitzens Enzyklopädie, die allgemeine deutsche Bibliothek u.s.w.? Die Physiognomen und Maler wollen mit diesen emsigen, aber so gemeinen Gesichtern wenig verkehren, da ohnehin auf allen Wochen-Märkten solche phy-

992

---

40 Entweder es ist ** oder ***, aber gewiß nicht *. Den Reisenbeschreiber Langheinrich weiter unten kenn' ich weniger. D. H.

siognomische Ware umsonst zu haben ist. Der Liebhaber und Freund will gern den Kopf besonders haben zum Genuß, ohne den schweren Band. So hab' ich z.B. mir eine ganze Suite solcher Köpfe aus großen Werken geschnitten und führe die Suite bei mir; gelang' ich nun einmal zum ruhigen Stillsitzen – welches jeden Morgen nach der ersten Tasse schwarzen Kaffee geschieht –, so zieh' ich meinen Kopf hervor, präge dessen Projektion recht tief dem meinigen ein und tue dann meinerseits auch für die Kehrseite etwas. So werd' ich ewig durch Köpfe von Kopf gehoben und verfeinert und gehe dann leicht als geseimter Honig aus der Welt.

Ich lief zu keinem einzigen Genie in St. Görgen. Mein Stolz würde sich dagegen aufbäumen, wenn ich vor den Thronsessel der sogenannten Genies auf unsichtbaren Regenwurmfüßen mich hinziehen wollte, da er und ich das egoistische Pusten und Blasen und sogar die mündliche Leerheit dieses *fliegenden* Corps seit Jahren kennen; von ihnen ist wenig mehr zu holen als das Weiber- oder Kunkellehn, der Körper, von einem andern, obwohl unberühmten Mann aber sehr oft ein gescheutes Wort, so wie nur unberühmte Leute, deren literaturbriefliche Rezension die Antwort des Freundes ist, die bessern Briefe schreiben. Aber ich hospitierte sehr in St. Görgen. Ich freuete mich den ganzen Tag, daß öffentliche Lehrer das jus Archivi[41] haben und ich ihnen also Sachen glauben durfte, die sie gar nicht erwiesen. In drei philosophischen Hörsälen sonderte ich besser ab, nämlich mein Leib, der Appetit wurde geschärft und das Muskelnspiel zumal auf dem Gesichte frisch beseelt[42] – welches alles das zuverlässigste Zeichen war, daß ich noch mit gemäßigtem und unschädlichem Tiefsinn wirtschaftete und die Wahrheit hetzte, so wie die drei Lehrstuhl-Statisten ebenfalls; wären wir vier syllogistischen Figuren mit starkem und unnatürlichem zu Werke gegangen, so hätten die sechs nicht natürlichen Dinge mehr gelitten als gewonnen, und wir wären nach Hause gekommen ganz verstopft, gesichtsfaltig, muskelschwach und halb aufgelöset. Warum

41 Nach diesem Jus machen Dokumente des Archivs auf *Beweiskraft*, auch wenn sie defekt, ohne Datum oder bloße Kopien sind, bloß durch ihren *Ort* Anspruch. Struvens Nebenstunden 6. Teil.

42 Nach Platners Anthropologie tut ein mäßiger Grad des Tiefsinns die oben gedachten guten Wirkungen auf die Gesundheit, so wie ein größerer die bösen. D. H.

halten aber Kreis- und Stadtphysici bloß bei sich, und nicht auch bei philosophischen Adjunkten darauf, daß nie länger und tiefer philosophiert werde, als es dem Magen Freude macht? – Stille Narren in Bicetre flechten in ihren guten Stunden Strohschachteln; leere, feste Wortformen sind dergleichen, und jeder Philosoph wird sie flechten, der seinen Muskeln und Zuhörern mehr geben als nehmen will.

Nachher hospitiert' ich weiter herum bei den Philologen, Historikern und Ästhetikern. Ein alter Prorektor gewann mich durch das komische Licht, das er auf sich warf, da er den Ovid von der Liebe ernsthaft und murrend durchging, ohne – als bleicher Bleicher der klassischen alten Wäsche und Dezennien lang den Schimmel der Varianten und Konjekturen mähend – in seinem Leben mehr törichte Jungfrauen gekannt zu haben als die fünf Direktricen davon in den vier Evangelisten. – Aber wird ein gesetzter Schulmann, der unter den Hetären bloß mit der babylonischen und unter den idealischen Madonnen bloß mit seiner Hausehre und der Wickelfrau im Vorbeigehen verkehrte, nicht ordentlich verschwendet, wenn ihn Redakteure nötigen, im Schlafrock und Schlafkranz durch Zimmer voll junger, in Verse oder doch zu Papier gebrachter Liebender mit der Rezensionsfeder hinter dem Ohre invigilierend zu marschieren und das allgemeine Knien, Anbeten, Liebeserklären, Brennen aus dem Munde und Küssewerfen in allen Stuben genau zu examinieren und sozusagen zu kredenzen – wie abgeschmackt und widrig schmeckts dem alten Manne! – und nachher Tabellen davon einzureichen? – Warum setzen dem Schulmann die Flammen, denen er in seiner Wirklichkeit entrann, noch auf dem Papiere nach? –

Vor den deutschen Kathedern fand ich wieder, was ich sonst in den deutschen Büchern verfluchte, nämlich ihre Liebe zu Bindwörtern; sie 994 schlichten Reifen in Gestalt eines Fasses aufeinander, und dann haben sie ein Faß. Die Setzer stellen zwischen jedes Wort ein sogenanntes Spatium; die Deutschen verlangen auch wohltuende Spatia zwischen den Gedanken und nehmen dazu Worte und Perioden. Einen, der mit seiner Sache auf einmal herausplatzt, sehen sie ganz verblüfft und erschrocken an; und fährt er gar fort und springt wieder von Bergspitze zu Bergspitze, ohne erst ordentlich hinab- und hinaufzuschleichen: so verlieren sie den Gipfelspringer sogleich aus dem Gesichte und erholen sich lieber an ihrem Reichsanzeiger, worin kein Mensch *von vornen* anfängt, sondern *eher*. Indessen hat der Fehler sein Gutes: der deutsche

Autor und der Ton, die beide das Wasser nur in sich ziehen, aber nicht durchlassen, machen eben dadurch Quellen.

In meinem Wirtshaus fand ich um einen berühmten deutschen Romanschreiber, dessen Autorschaft eine lange deutsche Übersetzung seines französischen Geschlechts-Namens ist, einen Bogen Manuskript geschlagen, dessen ganz artige Sentenzen durchgestrichen waren; ich schälte ihn ab, um ihn hinter die zwölfte Fahrt zu heften. [43] –

Letztlich hospitier' ich auch bei vier St. Görgnerinnen, Professorinnen; schon das akademische Gericht, das sie über die St. Görgner Lehrstühle hielten, konnte mich überzeugen, daß eine Universität – wenigstens in Rücksicht ihres friedlichen kollegialischen Lebens – dem Sacke nicht ungleich sei, worin man sonst einen Vatermörder ertränkte, und in welchem ein Hahn, eine Schlange, ein Hund und ein Affe (oder in dessen Ermangelung eine Katze) noch außer dem Mörder als Amtsbrüder beisammen hauseten.

995

Ich ging etwan drei Stunden später ab als der langweilige Langheinrich, der sich einsetzte, um der Sitzwelt außer dem Konterfei seines Gesichts auch eines von den Ländern in die Hand zu geben, die er für würdig hielt, daß er darin stallen ließ. Ich sah ihn unten auf einer weiten Ebene fahren. Als sein Postillon zufällig den Dessauer-Marsch blies, setzt' ich mein Hörnchen an und repetierte wie ein Widerhall den Marsch schwach und stark dreiundzwanzigmal. Langheinrich steckte den Kopf heraus und übersah die leere Ebene, aus welcher das unbegreifliche Echo aus nichts akustisch herzuleiten war; indes verleibte er das merkwürdige Ereignis der Reisebeschreibung ein, um den Physiker zu befragen, was er sich bei dem dreiundzwanzigmaligen *Wiederholen* da, wo alles *platt* ist – moralisch ließe sichs eher glauben –, zu denken habe.

Das folgende ist das gedachte Manuskript:

43 Wunderbar! Das Blatt ist, wie ich sehe, aus dem Manuskript zu meinem Jubelsenior. Es ist mir aber lieb, daß ers der Fahrt angeheftet, weil doch damit den Kritikern ein wenig gewiesen wird, wie hart ich mich selber zensiere und wie viel ich ausstreiche, was ein anderer drucken ließe. Mit diesen ausgestrichnen Manuskripten wird indes (so hör' ich) ein ansehnlicher Handel getrieben, und sie werden von Nachahmern häufig gesucht, welche die Striche wegradieren und die Blätter als neue eigne Arbeit, wieder mit der ihrigen geschickt vermischt, zum zweitenmal den Setzern geben. D. H.

*

Ich beschwöre es, daß es kein einziges Land gibt, worin einem Fürsten eine treue, alles berichtende Ambassade vom ersten und letzten Range so nötig und ersprießlich wäre – als sein eignes.

*

Wenn die Weiber von Weibern reden, so zeichnen sie besonders an der Schönheit den Verstand, und am Verstande die Schönheit aus, am Pfau die Stimme, das Gefieder an der Nachtigall.

*

Die Frau spielt auf der Bühne besser in einer Rolle, wo sie sich zu weinen stellt, als in einer, wo sie zu weinen hat.

*

Die Menschen verraten ihre Absichten nie leichter und stärker, als wenn sie sie verfehlen.

*

Der Scherz ist unerschöpflich, nicht der Ernst.

*

996

Dem sentimentalen Heuchler lasse nicht lange Reden zu, weil er sich durch diese erweichen will. Manche können nur weinen, wenn sie reden.

*

Keine Versprechungen werden schwerer und später gehalten als die, bei welchen die Zeit der Erfüllung nicht bestimmt ist. Daher geben viele oft dem Freunde das geborgte Geld nicht zurück.

Man glaubt seine Fehler dadurch wieder gutzumachen, daß man sie sogleich hinterher bereuet; warum setzet man denn nicht voraus, daß der andere seine auch bereue, und daß er sie auch damit entsündige?

*

Verschwiegenheit wird darum so schwer, weil sie oft gar keine Grenzen der Dauer kennt. Eine funfzig Jahre lang dauernde gute Handlung wird dem Menschen gar zu sauer.

*

Unsere Begierde verschluckt, wie der Armpolype, mit der Beute zugleich die eignen Arme, die diese ergriffen.

*

Wie Geruch zu Geschmack, so verhält sich Erinnerung zur Gegenwart.

*

In der Jugend ist die Hoffnung ein Regenbogen und in den grauen Jahren nur ein Nebenregenbogen des ersten.

*

Die Reformatoren vergessen immer, daß man, um den Stundenzeiger zu rücken, bloß den Minutenzeiger zu drehen brauche, oft den Terzienzeiger.

*

Gleich dem Jüngsten Tage verwandelt uns die Poesie, indem sie uns verklärt, ohne uns zu verändern.

*

Nur im Leiden sitzt man über seine Fehler zu Gerichte, wie man nur im Finstern Bläschen in großen Spiegeln untersucht und findet. 997

Dreizehnte Fahrt

Die Atonie des Jahrhunderts – das Bad Herrenleis – cû de Candide – Bauernhochzeit und Predigt dazu

Ich fliege gerade den Schweizer-Bergen zu; nur treiben die wie feindliche Parteien umherstreifenden Gewitterwolken, die meinen Globus attrahieren, ihn zu häufigen Konjunktionen mit der Erde nieder. Heute morgens ging ich ins Bad *Herrenleis* herab, wo ich jetzt sitze. Die invalide beau monde, die eben den Brunnen umrang, lief mit den Bechern zu mir heran. Ich machte kalt vor ihnen allen – wie etwan vor einer zuschauenden Wiederkäu-Herde – meine Sachen zurechte. Eine hübsche Sammlung von Gesichtern! Jedes war an seinen Eigentümer als das schwarze Täfelein angeschlagen, das im Hauptspital zu Wien am Bette eines Kranken hängt und worauf dessen Klistiere, Zuckungen, Husten, Stühle und Durst verzeichnet sind! Der größere Teil davon gehörte noch dazu nicht zu den dienenden, sondern regierenden Brüdern, welche in irgendein Teilchen von diesem Weltteilchen ihren Kranken- und Fürstenstuhl eingesetzet haben. So wird regiert, der Krankenwärter vom Siechling, der Blinde vom Hunde, die Frau vom Manne. Denn seitdem die Weiber män*lich*, und die Männer wei*bisch* werden, wie in Aachen Hirten Mädchen pfeifen, die Knaben aber nur *singen*, seit dieser Dynastie regiert ein Weib beinahe sich selber mehr als einen Mann, weil List und Schwäche lieber befiehlt als Stärke und leichter beherrschet als Recht.

Obgleich die Frage ist, was mehr plagt, ob die Schwere oder die Blendung einer Krone, ob die Handschwielen oder die Rücken-Striemen vom Zepter: so können die Menschen doch nicht einmal einen Ball, ein Essen, ein Schießen durchführen ohn' eine Ballkönigin, einen Eß-, Opfer-, Schützenkönig, die Vizekönige nicht einmal angeschlagen. Kurzsichtige Langhälse schreien über die Augenbrauen eines Monarchen, welche, so wie sie finster nieder- oder heiter aufwärtsgehen, eine Welt senken oder heben; aber zeigt mir in der Geschichte nur einen republikanischen Boden fünf Kubikfuß breit, wo nicht dieselben Augenbrauen wüchsen! Jeder Minister, jeder Generalissimus in Rom oder Paris hat Haare über dem Augenknochen, an deren einem Länder über den Abgrund hängen[44]. Glaubt ihr Menschen denn etwa, daß ihr nicht kleinlich und Opfertiere des Zufalls wäret und daß ihr nicht Gott tausendmal dankt, wenn ein anderer aus Höflichkeit sich in eurem Namen – entschließet? – Warum achtet ihr die Gewohnheit so sehr, diese Geschäfts- und Waffenträgerin der Willenlosigkeit, und den Gebrauch, diesen Kurator des abwesenden Geistes? – Kommt ihr und die Frösche nicht um, aus euren stehenden Teichen in frisches, immer reges Flußwasser geworfen? – Duldet ihr nicht höchstens nur *ein* Original, wie Lübeck nur *einen* Juden, und Millionen Kopisten, anstatt umgekehrt so viele Originale und wenige Kopisten? – Und brütet nicht jedes Original gerade sein Gegenteil aus, den Nachahmer und Affen, und sitzt daher nicht in den deutschen und kritischen Wäldern der gemeine Affe – der Schweineschwanz-Affe – der Hundskopf – der weiße Bartaffe – der schwarze – der mit dem flügelähnlichen Bart – der Hutaffe – der blau- – der weißmäulige – der Gibbon – unzählige Paviane – und noch mehrere Meerkatzen? Endlich da die auslaufende Menschheit wie eine Sanduhr doch nur wieder geht durch *Umkehren*: wenden sich nicht die Menschen wie zusammengeschichtete, nach Amerika adressierte Soldaten in Schiffen wieder zu gleicher Zeit und in Massa um, so daß dabei mehr eine Reformation herauskommt als Reformierte? – Ich bescheide mich daher gern, daß die sattelfesten steifgestiefelten Deutschen mir auf alle jene weit voneinander entlegenen Gleichnisse von ihrer Sattelfestigkeit nur mit wahrem Abscheu nachgesprungen sind.

Jetzt ists Mitternacht; man glaube nicht, daß ich einen ganzen Tag, den ich hätte verfahren können, im Schwitzbad Herrenleis würde ver-

---

44 Allerdings ist diese Unterordnung der Vielheit unter die Eins sogar in den Demokratien, obwohl temporell (aber nur temporell ist auch jede despotische), da; allein eben darum fodert – mithin bereitet – die praktische Vernunft ein ganz anderes Menschen-Reich, wo man nicht bis eins zählt oder bis 5 oder bis 500, sondern bis ins Unendliche und wo keine andere Vernunft regiert als die eigne. Ist denn dieses moralische Reich darum unmöglich, weil es bloß moralische Mitglieder voraussetzt? Kann das in der größern Zahl unmöglich sein, was in der kleinern schon wirklich war? D. H.

sessen haben, wenn nicht die westliche Deklination des Windes gewesen wäre; womit ich mich noch besonders beruhige, ist mit der Hoffnung, daß ich vielleicht (man gönne mir den frommen Traum) den Schwitz-Badort, nämlich den geadelten Teil davon, in einen mehr als gewöhnlichen Grimm und Harnisch gebracht.

Und zwar als Hochzeitprediger. Ich fand nämlich viele alte Bekannte, einen böheimischen Grafen, einen von der berlinischen Legations-Pepiniere, einen Landhofrichter und unsern alten Saufaus mit dem Stern[45]. Ich sprach mit dir, lieber Graul!

Hier ist nun die allgemein gelobte Fürstin Candide, für welche man gern alle Tage etwas anstellte, geschweige an ihrem Geburtstage. Um dir nur ein Beispiel der allgemeinen Verehrung zu geben, so erzähl' ich dir, daß sie die hiesige Gartenschaukel Candidens Steiß (cû de Candide) heißen, seitdem sie darin gesessen. Es kam von einem französischen Spaße her. Der besagte Saufaus machte, da sie in der Schaukel aufgezogen wurde, um hinauszufliegen, den sehr guten Calembourg: »Elle se leve le cû premier, mais c'est la premiere fois«[46]; dadurch verfiel ein anderer darauf, die Schaukel einen Pariser cû de Herrenleis zu nennen; bis endlich der sämtliche Adel sich leicht vereinte, die Prinzessin und die Schaukel durch den obigen Titel zu verewigen. Eine Fürstin oder ihr Mann oder ein Genie huste, niese, stolpere an irgendeiner Bank oder Alpe in einem Park u.s.w.: so verewigt die Alpe die Sache und sich und nennt sich nun Nepomuzenas oder Nepomuks etc. Husten, Niesen etc. So purzelte zum Beispiel im Park zu Brüssel Peter der Große aus dem Wein, wovon er gefüllt herkam, in das dazugehörige Wasser in einem steinernen Becken: seitdem steht der Vorfall oder Fall ans Becken geschrieben. So weiset uns Leipzig im Paulinums-Zwinger – vorher lag der Tropf in der Pauliner Kirche – Tetzels Knochen vor; wozu freilich kommt, daß einer Stadt, die mit 1000 so vielen Waren handelt, ein Mann nicht gleichgültig bleiben kann, der den Ablaß dazu verkauft.

Diese schöne Fürstin nun und ihren Geburtstag hielt der gesamte Badadel für wert, daß er an demselben eine böheimische Bauern-Hochzeit ihr in bäuerischen Verkleidungen vorspielte; ich erbot mich

---

45 Mir unbekannt. D. H.

46 Es heißet zugleich: sie steht unrecht auf, aber erst zum erstenmal, und: sie erhebt sich mit dem H. zuerst. D. H.

zum Hochzeitpater, ich konnte meinen grünen Mantel als den nürnbergischen Kopuliermantel brauchen. Der Zug zog – einige Bäuerinnen waren Lilien und Engel – die Bauerngarnitur sah freilich mehr wie eine Schnur gedörrter Birnen aus, es waren Krebse in der Mause, nämlich unter dem Schein der Schalenpanzer nur eiweiche Naturen – Die Prinzessin wurde schön überrascht, aber nur von keinem Einfall; denn die Masken konnten nichts einkleiden als sich; bloß der Saufaus hatte einen, als Brautvater; die Bauern blieben höflich und stumpf. Die Hof-Deutschen halten die Anziehstube schon für die spaßhafte Bühne. Lange Libertinage macht nur die Weiber klüger, aber die Männer dümmer; die jungen Leute zünden sich wie Branntewein an, und ihr Geist brennt weg; bloß Titel und Zeichen ihres vorigen Verstandes tragen sie noch auf dem Gesichte fort, wie leere Bouteillen auf Tafeln die silberne Ordenskette ihres Inhalts. Aber wie schlecht müssen die Großen sein, da sie nicht einmal das Gefühl ihrer steigenden Entkräftung bessert!

Die langweilige Szene wurde mit Ergebung und Applaus gar durchgespielt. Ich lernte in Wien im Sperl, im Fasen, im Mondschein – es sind Schenken – mehrere »Saal- oder Tanzmenscher« kennen, denen der Wirt für jede Nacht vierzig Kreuzer gibt, welche sie mit seinen Gästen vertanzen; solche Freudentänze hat nun mein Badadel schon an Höfen für Pensionen u.s.w. zu machen gelernt.

Damit nur was passierte, sagt' ich, ich wäre der Hochzeitredner und wünschte wohl anzufangen. Ich stieg auf den cû de Candide, sah, darin aufgestellt, an der um mich versammelten gelben, welken, gedunsenen, suffisanten, platten Vexierbauern-Massa fast ironisch hin und her und sagte, so viel ich noch davon weiß, mit zynischer Badfreiheit dieses:

»Teuere Dorfgemeine!

Ich will euch und das Brautpaar heute bloß froh machen und weise des Endes bloß stärker auf die Vorzüge hin, die euer sonst verachteter Stand so sehr vor dem vornehmen voraus hat. Denn ihr schätzt sie nicht genug. Bedenkt ihr oft genug, ihr Kerngesunden, was ihr für Baummark unter eurer Rinde und was ihr für Blüten an euren Zweigen tragt? Seht euch alle an und dann haltet euch in Gedanken einen Augenblick gegen die Großen in Städten und Baddörfern, die ihr etwa kennt – damit ihr den Unterschied merkt-, ach wie erbärmlich mürbe, rosenfalb, gelbblätterig sehen die Armen aus! Ich bete oft für sie. Mehrere haben sich, so wie sich Scharfrichter ehrlich richten, zur Tugend hinaufgesündigt, z.B. zur unwillkürlichen Enthaltsamkeit, da ihnen als Moralisten freiwillige lieber wäre; einige sterben den ganzen Tag und leben ein wenig im Schlafe; die meisten zerfahren.

Euch, ihr festen unschuldigen Landleute und Böheimer, sind das freilich ganz andere böhmische Dörfer, als ihr bewohnt; euer gesundes Lebenslicht haben noch keine sanfte Frühlingslüfte ausgeblasen oder schneller brennen lassen. Wie, ihr steht den herrlichen, kecken, freien, muskulösen, brustbreiten, eingewurzelten, augenfeurigen Wilden so nahe (nur seid ihr gebildeter) und wisset nicht, was ihr damit habt?

Hört, euch neidet der Vornehme; zuerst um eure Anlagen zur Sünde und dann zur Tugend. Er betrachtet eure starken Fäuste, womit ihr so leicht totmachen könnt – so wie erschaffen –, und erwägt dann sein Nichts. Ja, er beneidet das gesunde Tier wie euch und wünscht, das menschliche Steißbein, das nach den Anatomen das güldene ABC und der Ansatz zum tierischen Schweife ist, wäre weiter fortgesetzt. Wie *Mönche* bewohnen sie die fruchtbarsten Gegenden Europas, mit dem ›Gedenke des Todes‹ auf der Brust. Ich sag' euch, so wie Vornehme in Frankreich die Rechtschreibung ihrer Werke gern vom Setzer und Korrektor annehmen, so würden sie die moralische Orthographie ihres Lebens von ihrem Beichtvater und Leichenredner mit Vergnügen empfangen, wär's ihnen nur vorher vergönnt, ein recht unorthographisches zu führen.

1002

Nicht einmal das Kleinere, eure Tugenden, entrinnen dem Neide der Großen, gute Böheimer! Die armen Reichen und Vornehmen, die noch immer eine gewisse Passion für die Tugend nicht verlassen will und die vielmehr auf diese erpicht sind wie Spinnen und Mäuse auf Musik, müssen sich aus Unvermögen aufs *Anschauen* dieser Grazie auf Bühnen, Bildern und romantischen Papieren einziehen; aber wie gerne wären sie gleich euch im *Besitz* derselben, wenn sichs geben wollte! Ihr wisset kaum, was ihr habt, Zuhörer! – Kränklichkeit gebiert Furcht; aber diese, die sonst die Götter erschuf, vernichtet jetzt das Göttliche. Es ist entsetzlich bis zum Ekelhaften, wie weit ein Gemütsschwächling sich an andern nicht sowohl versündigen kann als an sich, und es ist ordentlich jammerschade, daß er ein Ich hat; so sind auch Leute in physischer Ohnmacht wegen Lähmung der Schließmuskeln nicht in der besten Lage, sondern in ähnlicher. – Daher sagt und weht kein Mensch von einigem Stande mehr scharf Ja oder Nein, sondern er bläset (wie die Winde Nordostwind etc.) Janeinja oder Neinjanein; so wie auch einige deutsche Gelehrte anfangs sagen ›Allerdings‹- dann ›Freilich‹ – dann ›Indes‹ – dann ›Insofern‹ – dann ›Wiewohl‹ – dann ›Demungeachtet‹ – endlich ›Vielleicht‹. – Daher sind die Großen so hart und kalt gegen eure Not; denn Kranke sind es gegen jede außerhalb ihres Bettes.

Seid indes nicht unbillig gegen den Höhern; wenn ihr euren Rock auszöget, würdet ihr vielleicht nach dem Sprichwort als Bauern, die Edelleute geworden, am schärfsten scheren. Ihr habt freilich mehr Geschmack für Essen als für Künste und Poesien; aber ihr übertrefft wieder den Adel an Adel und Zufriedenheit. Ihr seid keine Odmänner – Odelmänner – (meine heilige Stätte schaukelt zu sehr) – keine Athelinge – Ölinge[47] – Stadtjunker – Gottesjunker[48] aber Leute oder Litte – Gotteshausleute – Halbfreie – Dreiviertelfreie – Halbspänner – Kossäten – Das fatale Schaukeln! – Ihr habt zwar nichts mit dem Edelmann gemein als das Ackern mit dem polnischen; aber ihr seid doch keine Badgäste, sondern gesunde Badwirte – Ihr seid, wenn nicht zu Rittern, doch zu Bauern *geschlagen* – Ihr lebt unter dem Zepter der schönsten Landesherrin und begeht heute ihren Geburtstag an einem Hochzeittage. – Ihr seid (das bedenkt) arbeitsam, stark, jung, froh, keck, fest, feist-«

Das Schwingen der Kanzel nötigte mich, ohne Amen herauszuspringen. Man lachte und wurde um nichts besser; ich wußt' es vorher. Man dankte mir; ich fragte nichts darnach. Morgen entfahr' ich gewiß, der Wind dreht sich nördlicher. Tiefe Langweile füllet mit stehendem Ätzwasser den Napf meines Herzens. Sogar die derben Ulrichsschlager muß ich neben diesen Herrenleisern wieder vorziehen. Wie miserabel! –

1003

---

47 Alte Worte für Edelmann. D. H.
48 Stadtjunker hießen sonst die Patrizier, Gottesjunker die canonici. D. H.

Vierzehnte Fahrt

Letzte –

Der Wind geht so frisch und gerade, daß ich abends sehr gut auf einer Alpe aussteigen kann, wenn ich den ganzen Tag nur hier oben schreibe und speise. Ich tue das, mein Schiff ist ein ordentliches schweres Proviantschiff. Speis und Trank hebt indes sogar mit der Zeit den Menschen und sein Schiff.

In meinem Innern ist aber noch schwüles Wetter von den peinlichen Träumen zurück, an denen ich die ganze Nacht wie auf heißer, schlüpfriger, zurückrieselnder Vesuvsasche mich vergeblich zu einer festen, ebenen Stelle hinaufarbeitete. So träumte mir, ein kohlenschwarzer Hahn stehe und kratze auf meiner blutigen Brust, um sich mein Herz auszuscharren. – Ferner, mein Posthörnchen schrie durch vier Träume hindurch wie lebendig und gepeinigt in den höchsten, schärfsten Tönen und glühte hellrot von einem heißen Atem, den ein Traum ganz leise »das stille Ding« nannte. Sogar du, mein lieber Graul, wurdest unter diese Manen des Wachens geschickt; ich lief dir entgegen, aber du konntest dich durchaus nicht umwenden, du mußtest mir bloß wie eine Gliedergruppe die herumgedrehten Arme rückwärts entgegenrecken und drücktest mich sehr warm an deinen Rücken und Zopf und sprachst die Worte ohne vielen Nexus: »Spaß bleibt Spaß – so der liebe Mensch. – Giannozzo, aber so komm doch zu mir!« Aber du ließest mich nicht um dich herum, sondern stricktest mich fester an und riefest doch lauter: »Giannozzo, wo lebst du, Lämmchen? Kannst du mir nicht erscheinen? Wahrlich ich gedenke deiner, armer Teufel!«

Vielleicht find' ich dich in der Schweiz, guter Graul, wenn du gehalten, was du geschrieben.

Eben seh' ich unter mir allerlei laufende Anzeiger, die mir wie die Inschrift einer Gassenecke sagen, wo ich bin; mehrere Konzertisten des Wiener Schubs arbeiten schon als Solospieler in den Wäldern und spielen eigne Sachen; ich stehe also über Schwaben.

Wie grünen die Weinberge! Wie glänzet der Neckar! – Aber immer mehr ist mir, als hätt' ich diese Ebenen schon in alten Träumen durchwandelt. –

1004

Ja, ich habe recht; jetzt zieh' ich über den unbekannten Zauber- und Morgengarten, wo das schwarze Auge der großen Teresa neben mir glänzte und wo ich aus ihrer Brust die Rosen zog. Hier nimm sie wieder, Teresa, ich werfe sie in deine Lustgefilde zurück. Ach du stehst jetzt nicht auf dem Pharusturm. Nie werde deinem großen Geiste der Flügel verwundet! –

Am Horizont wächset ein Vulkanen-Halbzirkel von zackigen Gewitterwolken auf. Ich höre von weitem donnern. Auf den Gletschern wohnt der schöne lange Blitz der Mittagssonne, und ich werde, hoff' ich, früher an den Bergen hängen als das Wetter.

Westlich seh' ich jetzt den Münster und, wie ich glaube, den Straßburger Telegraphen, dessen Zeigefinger des Todes fast erhaben und schauerlich ist; wie eine Parze regt er seine Schere – die Zunge der Völkerwaage, der in- und deklinierende Kompaß der Zeit.

Der Donner rollet immer lauter und voller heran, und doch stehen die weißen Wettergebürge noch so niedrig im Himmel. – O Teufel, er kommt aus einer Schlacht! – Soldatenhaufen sprengen über Hügel – Landleute rennen – ein Dorf brennt als Wachfeuer – in einem Garten seh' ich tote Pferde, und ein Kind trägt einen abgerissenen Arm fort.

Nun seh' ich die Ebene und die Rauchklumpen, die die brennende Hölle auftreibt. Wie mich hineingelüstet! Mein Wind läuft gerade über das dunkle, breite Sterbebette der Völker; und da will ich mich in den entzündeten Schwaden senken und mitschäumen wie der elende Mensch. – Ich höre nur die dumpfen Axtschläge, womit der Tod sein Schlachtvieh trifft, aber noch keine Stimme des Viehs – Ringsum im Blauen liegen die Gewitter des Himmels ruhig an der Erde und schauen gerüstet zu, bis sie aufstehen und auch in die Schlacht ziehen. – Was willst du auf meiner Kugel, schwerer niederdrückender Räuber? Hast du ein Kind von einer stillen Alpe geholt'[49] und willst es hier verzehren, wie Direktoren ein Hirtenland? Fort, du bist der schwarze Hahn, der diese Nacht nach meinem Herzen grub – O wie hoch ist seit zwei Minuten der Jammer gewachsen!

*

49 Er sieht den Lämmergeier, der in der Schweiz oft Kinder raubt. D. H.

Entsetzlich! – Jetzt darf ich sie recht hassen, die Menschen, diese lächerlichen Kauze und Weisheitsvögel im Hellen, die sogleich zerrupfende Raubvögel werden, sobald sie ein wenig Finsternis gewinnen. Nur mit Schießpulver tun sie alles; nur damit reinigen sie die Kerkerluft der Länder; damit machen sie die Wunde, die ihnen das wütige Laster gebissen, weiter und heil. Jahrhundertelang arbeitet die Habsucht in ihrer Silberhütte, und dann ist endlich in den Giftfängen eurer Herzen so viel Arsenik angelegt, daß mit dem Hüttenrauch alles, was lebt und blüht, fahl und kahl zu machen ist. Himmel! wie zog heute der Edelstein der zweiten Welt die Spreu von Seelen gierig an! Und unten stand der Teufel und hatte einen kleinen Markt mit Gliedern für Leute aufgeschlagen (z.B. Fürsten und Direktoren), die an ihre Heiligen gern Votivglieder hängen wollen, um für ihre salvierten zu danken.

Ein Windstoß warf mich plötzlich mitten über die wolkige Brandstätte voll Waffenglanz; ich riß die Lufthähne auf und vergrub mich in den Dampf, worin nur das Basiliskenauge des Todes seine heißen *Silberblicke* auf- und zutat. – Ich war nicht nahe und tief genug am Blinken der Bajonette – am Feuerregen des Geschützes – am Blutregen auf der Erde – an den Stimmen der Pein – an der weißen Gestalt des Verblutens – Nur die sanfte Musik, die Heroldin des Seufzers aus Liebe und der Träne aus Freude, mußte unten im Jammer sprechen wie ein Hohn, und die Heerpauke der Kartaunen schlug mit Erdstößen in die weichen, guten Töne, und die Trommel-Wirbel des kleinen Geschützes gingen fort. – O Gott! – der Schmerz ging drunten auf und ab und trat unsere Gesichter mit Füßen und begrub den Toten nur unter Sterbende – mein Herz dröhnte – da hört' ich das Wiehern der guten, unschuldigen Pferde – Jetzt wurd' ich auch von der Wut gepackt, denn ich bin ja auch einer von denen drunten, und schleuderte grimmig und gerade alle Steine, die ich hatte, auf die ringende, vom Erdbeben eines bösen Geistes zum Kampf-Wahnsinn untereinander geschüttelte Masse – – Mög' ich nur kein unschuldiges Pferd getroffen haben! – [50]

Da hob mich der Gewicht-Verlust plötzlich ins hohe Blau hinauf.

Wie glänzte die Sonne in ihrem stillen Himmel so ruhig und kalt über der schwülen irdischen Hölle, als wären die Kriegsfeuer der

1006

---

50 O Giannozzo, der Wahnsinn, womit du verwunden hilfst, ist eben der greuliche, der die Völker gegeneinandertreibt! D. H.

Menschen nur kranke fliegende Funken vor ihrem großen Auge. Ich sah mich um nach dem Schlacht-Gewölke, und mein Auge weinte zornig, da ich mir die Tränentropfen der Völker dachte, die sich für hineinleuchtende Kronen als ein stolzer Triumph- und Siegesbogen zusammenwölben. Ach das Schlechteste an der Menschheit oder Unmenschheit ist, daß kein Mensch, kein Fürst, keine Zensur, und sei sie auch noch so tyrannisch oder unverschämt, die bitterste Rüge des Krieges verwehrt, und daß doch die Ehre und die Dauer desselben darum nicht kleiner wird.

Wunderbarer Tag! Hell ziehen schon die schimmernden Schweizergebirge mit ihren Tiefen und Zinnen vor mir heran und schütten den Rhein weg; aber hinter mir wachsen eilig die Gewitterwolken in den Himmel herauf und schweigen grimmig; die Lüfte gehen immer langsamer und bewegen mich kaum.

Jetzt regt sich nichts mehr. Vor welcher Welt schweb' ich still! Vor mir donnert der Rhein, hinter mir das Wetter – die Stadt Gottes mit unzähligen glänzenden Türmen liegt vor mir – tief in der Ferne stehen auf ewigen Tempeln weiße helle Götterbilder und der hohe König der Götter, der Montblanc, und der auf die tiefe Erde herabgeworfene Rhein steigt als ein weißer Riesengeist wieder auf und hat den himmlischen Regenbogen um und schwebt silbern und leicht.

Was ist das? Kommt mein Schicksal? – scharrt der schwarze Hahn? – Ich wollte mich jetzt tiefer senken vor die herrliche, auf der alten ruhende neue Welt; aber ich konnte nicht, die Verbindung zwischen den Lufthähnen ist durch das schnelle Aufreißen in der Schlacht zertrennt; ich kann mich bloß, wenn ich nicht durch Windstöße eine Alpe erreiche, eh' mich das Gewitter ergreift, durch das Aufschlitzen der Kugel erretten.

Jetzt trägt mich ein Windstoß ganz nahe vor die göttliche Glanzwelt. Aber schon arbeiten die Wolken lauter als der Strom, die schwarze Wolkenschlange hinter mir ringelt sich auseinander und zischt und schillert schon neben mir in Osten – Der Sonnenwagen geht schon tief im Erden-Staube. Wie fliegen die Goldadler der Flammen überall, um die Sonne, um die Eiskuppeln, um den zerknirschten Rhein und um die giftige Wolke, und ruhen mit aufgeschlagenen Flügeln an grünen Alpen aus – Ich glaube, ich soll heute sterben, das große Gewitter wird mich fassen. So sterb' ich gern, Verhüllter über mir; vor dem Angesicht der Berge und der Sonne und des gewölbten Blaues weicht gern mein Geist aus der einklemmenden Hütte und fliegt in den weiten, freien Tempel. Ich drücke die sonnenrote Stunde und die gebürgige Welt noch tief ins brausende Herz, und dann zerbrech' es, woran es will.

O wie schön! In Morgen rauschen Donner und Fluten, und auf ihnen hängt statt des Regenbogens ein großes, stilles Farbenrad, ein flammiger Ring der Ewigkeit aus Juwelen – Die warme, sanfte Sonne glimmt nicht weit von den Gewitterzacken – Noch sonnen die goldgrünen Alpen ihre Brust, und herrlich arbeiten die Lichter und die Nächte in den aufeinander geworfnen Welten der Schweiz durcheinander; Städte sind unter Wolken, Gletscher voll Glut, Abgründe voll Dampf, Wälder finster, und Blitze, Abendstrahlen, Schnee, Tropfen, Wolken, Regenbogen bewohnen zugleich den unendlichen Kreis.

Jetzt gähnet ein Wolken-Rachen vor der Sonne; noch seh' ich einen Sennenhirten mit dem Alphorn, dessen Töne nicht herüberreichen, am purpurnen Abhang unter weißen Rindern, und ein Hirtenknabe trinkt an seiner Ziege den Abendtrank. – Wie lebt ihr still im Sturme des Seins! – O die schwarze Wolke frisset an der Sonne! – Das erhabene Land wird ein Kirchhof von Riesengräbern, und nur die weißen, hohen Epitaphien der Gletscher glänzen noch durch. – –

Ich bin geschieden von der Welt – die unendliche Wetterwolke überdeckt die Schweiz und alles – unter dem schwarzen Leichentuch regnet es laut unten auf der Erde – es blitzt lange nicht und zögert fürchterlich. – Sterne quellen oben heraus, und mir ist, als schwämmen ihre matten Spiegelbilder als silberne Flocken auf dem düstern Grund – Ha! der Wind kehret um und treibt mich mitten über die stumme, gefüllte Mine, deren Lunte schon glimmt. Wie düster! Ach unter der Wolke werden noch Bergspitzen in sanftem goldnen Abendscheine stehen.

Kein Blitz, nur Schwüle! – Aber ich merke, die Wolke zieht mich zu sich. Ach! jetzt wölbt sich auf einmal zusehends ein zweites Gewitter über mir; beide schlagen dann gegeneinander, und eines greift mich, jetzt versteh' ichs. –

Bis auf die letzte Schlag-Minute schreib' ich, vielleicht wird mein Tagebuch nicht zerschmettert.

Nun geraten schon die Enden der Gewitter aneinander und schlagen sich. – Wie höllenschwül! – Oho! jetzt riß es meinen Charonskahn in den brauenden Qualm hinab! – Ich sehe nicht mehr – Was ist das

Leben – die feigen hockenden Menschen drunten singen jetzt gewiß zu Gott, und die Erbärmlichen werden gewiß jeden vermahnen bei meinem Leichnam – Wie es hinauf- und hinabschlägt – In Wörlitz war mein letzter Tag, das ahnete ich ja – Himmel! der heutige Traum hat ja mich und mein Ende klar geträumt; er soll auch ganz wahr werden, und ich will jetzt mit meinem Posthörnchen wütig ins Wetter blasen, wie ihr Mozart drunten im Don Juan, und den Heuchlern auf dem Boden den Anbruch des Jüngsten Tages weismachen – –

Addio, Graul, ja wohl kannst du mich nicht auf der Brust umarmen …

Giannozzos Freund (Graul oder Leibgeber) erteilte mir – weil sein Herz noch zu matt war vom Schmerze – nur mit einfachen Worten folgenden Bericht von dem Tode des großherzigen Jünglings:

»– Inzwischen braucht die Welt alles das gar nicht zu wissen; er heiße ihr Giannozzo und damit gut. Es ist eine besondere Schickung, daß dieser mein zwar nicht ältester, doch kräftigster Freund mir zweimal begegnete, ohne daß ers wußte. Denn ich war der tanzende Nachtwandler, den er auf dem Brocken in der Menuett gesehen; und auf meinem Wege nach Bern – wo ich meinen Clavis gemacht – stand ich gerade am Rheinfall zu Schaffhausen, als er oben blies. Das Gewitter wütete fürchterlich und nahe an der Erde und stürzte zugleich mit dem Rhein herunter. Wirklich vernahm ich und noch einige ein sonderbares, aber unharmonisches, abgestoßenes, schneidendes Tönen droben aus dem finstern Wolkengewölbe. Endlich durchbrach dieses ein schmetternder Schlag: unweit von uns flog die zerschlitzte Kugel und die Sänfte daran auf einer Wiese nieder. Ich erkannte sogleich meinen teuern Freund. Sein rechter Arm und sein Mund waren weggerissen, das Horn zum Teil geschmolzen, seine langhängenden Augenbrauen auf den hohen Augenknochen kahl weggebrannt und sein Gesicht sehr zornig verzogen; alles andere aber unversehrt. Ich spreche die vernünftigen Worte nach, die mir sein Traum in den Mund gelegt: ›Giannozzo, wo lebst du, Lämmchen? Kannst du mir nicht erscheinen? Wahrlich, ich gedenke deiner, armer Teufel!‹«

Ende des zweiten Bändchens

Biographie

1763   *21. März:* Johann Paul Friedrich Richter wird in Wunsiedel (Fichtelgebirge) geboren. Er ist der erste Sohn des Lehrers, Organisten und Hilfsgeistlichen Johann Christian Christoph Richter und seiner Frau Sophia Rosina, geb. Kuhn.

1765   *August:* Der Vater wird Pfarrer in Joditz an der Saale und beginnt den erst zweijährigen Jean Paul durch bloßes Memorieren in Latein und im Katechismus zu unterrichten.

1776   *Januar:* Übersiedlung nach Schwarzenbach an der Saale, wo der Vater Pfarrer wird.

1778   Erste Exzerpthefte.

1779   *Februar:* Jean Paul besucht das Gymnasium in Hof. Er lebt bei den Großeltern.

        April: Der Vater stirbt.

        Oktober: Schulrede »Über den Nutzen des frühen Studiums der Philosophie«.

        Fraundschaft mit Lorenz Adam von Oerthel, Johann Bernhard Hermann und Georg Christian Otto.

1780   Tod des Großvaters. Durch Erbauseinandersetzungen gerät die Familie Richter in finanzielle Not.

        Die »Übungen im Denken« entstehen (bis 1781).

1781   »Abelard und Heloise«, ein Roman in Briefen, entsteht.

        Mai: Beginn des Studiums der Theologie, später der Philosophie in Leipzig. Jean Paul finanziert seinen Lebensunterhalt durch Privatunterricht.

        Entstehung von »Lob der Dummheit« (bis 1782).

1783   Die »Grönländischen Prozesse oder Satirische Skizzen« (2 Bände) erscheinen.

        Kurzfristiges Verlöbnis mit Sophia Ellrodt.

1784   Wegen völliger Mittellosigkeit muß Jean Paul das Studium aufgeben und zieht auf der Flucht vor den Gläubigern zu seiner Mutter nach Hof (bis 1786).

1786   Einige Aufsätze Jean Pauls und seiner Freunde erscheinen anonym in der von Pfarrer J. S. Völkel aus Schwarzenbach herausgegebenen Aufsatz- und Satirensammlung »Mixturen für Menschenkinder aus allen Ständen«.

Oktober: Tod des Freundes L. A. von Oerthel

1787 *Januar:* Jean Paul wird Hauslehrer des jüngeren Bruders seines verstorbenen Freundes Oerthel in Töpen bei Hof.

1789 *April:* Freitod von Jean Pauls Bruder Heinrich.
Juni: Rückkehr nach Hof.
Unter dem Pseudonym J. P. F. Hasus erscheint die bereits 1786 geschriebene Satirensammlung »Auswahl aus des Teufels Papieren«.

1790 *Februar:* Tod Johann Bernhard Hermanns.
Jean Paul gründet eine Elementarschule in Schwarzenbach, deren Leiter er bis 1794 ist.

1792 *Juni:* Beginn des Briefwechsels mit Karl Philipp Moritz.
Beginn der Arbeiten am »Hesperus« und am »Titan«.

1793 *Sommer:* Reise nach Bayreuth, Neustadt an der Aisch und Erlangen.
Verlobung mit der 15jährigen Karoline Herold.
Unter dem Pseudonym Jean Paul erscheint das erste größere Werk, der Erziehungsroman »Die unsichtbare Loge« (2 Bände).

1794 *Mai:* Umzug zur Mutter. Jean Paul wird Erzieher und Schriftsteller in Hof.
September: Erneute Reise nach Bayreuth.
Trennung von Karoline Herold.

1795 Beginn der Arbeit an den »Flegeljahren«.
Ein weiterer, unter dem Einfluß von Sterne, Fielding und Wieland entstandener Erziehungsroman, »Hesperus oder 45 Hundsposttage« (3 Bände), erscheint.
September: Beginn der Arbeit am »Siebenkäs« (bis Juni 1796).
Dezember: Beginn des Briefwechsels mit Friedrich von Oerthel.

1796 Jean Paul veröffentlicht den Roman »Quintus Fixlein«, der als fiktive Biographie des Lehrers Fixlein ein Gegengewicht zum »Hesperus« darstellt.
Der humoristische Roman »Siebenkäs« (3 Bände, 1796–97) erscheint.
Juni: Auf Einladung Charlotte von Kalbs Besuch in Weimar und kurzer Aufenthalt in Jena. Freundschaft mit Johann Gottfried Herder.
Bekanntschaft mit Karl Ludwig von Knebel, Christoph Martin Wieland und der Herzogin Anna Amalia. Goethe und Schiller

halten sich auf Distanz.

1797   *25. Juli:* Die Mutter stirbt.

November: Übersiedlung nach Leipzig. Beziehung zu Emilie von Berlepsch und Freundschaft mit Friedrich von Oerthel.

1798   *Januar:* Verlobung mit Emilie von Berlepsch, die bereits Ende Februar wieder gelöst wird.

Mai: Jean Paul reist nach Dresden, wo er die Antikensammlung und die Gemäldegalerie besucht. Bekanntschaft mit Karoline Schlegel.

Juli: In Halberstadt Begegnung mit Johann Wilhelm Ludwig Gleim.

August: Erneute Reise nach Weimar und Jena, wo Jean Paul mit Herder, Wieland und Johann Gottlieb Fichte zusammentrifft.

Oktober: Jean Paul zieht nach Weimar um, wo er engen Kontakt zu Herder pflegt.

Briefwechsel mit Friedrich Heinrich Jacobi.

1799   *August:* Jean Paul erhält den Titel eines herzoglichen Legationsrats.

Oktober: Verlobung mit Karoline von Feuchtersleben (bis Mai 1800).

November: Erstes Treffen mit Ludwig Tieck und Novalis.

1800   *Mai-Juni:* Reise nach Berlin. Bekanntschaft mit Josephine von Sydow, Henriette von Schlabrendorff und Rahel Levin.

Königin Luise lädt Jean Paul nach Potsdam ein.

Jean Pauls Hauptwerk »Titan« (4, Bände, 1800–03) beginnt zu erscheinen.

Oktober: Übersiedlung nach Berlin. Verlobung mit Karoline Mayer. Begegnung mit Fichte, Schleiermacher, Friedrich Schlegel, Tieck, Bernhardi.

1801   *27. Mai:* Heirat mit Karoline Mayer.

Juni: Besuch in Weimar.

Beginn der Niederschrift der »Flegeljahre«.

Jean Paul siedelt nach Meiningen über, wo er freundschafliche Beziehungen zu Herzog Georg I. von Sachsen-Meiningen pflegt.

1802   Juli: Reise nach Weimar.

20. September: Geburt des ersten Kindes Emma.

1803   *Juni:* Übersiedlung nach Coburg.

9. November: Geburt des Sohnes Maximilian.

18. November: Herder stirbt.

Dezember: Tod Herzog Georg I. von Sachsen-Meiningens.

1804 *Mai:* Reise nach Bamberg und Erlangen.

August: Jean Paul siedelt nach Bayreuth über.

Die in Coburg von Herbst 1803 bis Sommer 1804 geschriebene dichtungstheoretische Abhandlung »Vorschule der Ästhetik« erscheint.

Der Roman »Flegeljahre« (4 Bände, 1804–05) wird veröffentlicht.

9. November: Das dritte Kind Odilie wird geboren.

1805 *Mai:* Besuch Fichtes.

Juni: Jeans Pauls »Wechselgesang der Oreaden« wird aufgeführt.

August: Herzog Paul von Württemberg besucht Jean Paul.

Wegen zunehmender materieller Probleme Gesuch um eine Staatspension an Friedrich Wilhelm III. von Preußen, das jedoch abgelehnt wird.

Mitarbeit am »Morgenblatt für gebildete Stände« (bis 1824).

1807 Die Erziehungslehre »Levana« (2 Bände) erscheint.

1808 »Friedenspredigt an Deutschland«.

1809 *April:* Jean Paul wird Ehrenmitglied des Frankfurter »Museums« und erhält von nun an ein Jahresgehalt von Fürstprimas Karl Theodor von Dalberg, ab 1815 von der bayerischen Regierung.

»Dr. Katzenbergers Badereise« (Roman, 2 Bände).

»Des Feldpredigers Schmelzle Reise nach Flätz« (Erzählung).

1810 »Herbst-Blumine, oder gesammelte Werkchen aus Zeitschriften« (3 Bände, 1810–20).

August: Jean Paul reist nach Bamberg und begegnet dort E. T. A. Hoffmann.

1811 *Juni:* Reise nach Erlangen und Nürnberg.

1812 »Leben Fibels, des Verfassers der Bienrodischen Fibel« (Erzählung).

Mit Cotta Verhandlungen über eine Ausgabe der sämtlichen Werke.

Juni: Reise nach Nürnberg. Begegnung mit Friedrich Heinrich Jacobi und Hegel.

1814	»Mars' und Phöbus' Thronwechsel im Jahre 1814. Eine scherzhafte Flugschrift«.
1816	Jean Paul wird korrespondierendes Mitglied der Berlinischen Gesellschaft für deutsche Sprache. *August:* Auf Einladung Dalbergs Reise nach Regensburg.
1817	*Juli-August:* Reise nach Heidelberg, Mannheim und Frankfurt am Main. Freundschaft mit Heinrich Voß d. J. Zusammentreffen mit Tieck, Hegel und Uhland. Beziehungen zu Sophie Paulus. Die Universität Heidelberg verleiht Jean Paul die Ehrendoktorwürde.
1818	*Juni:* Reise nach Frankfurt am Main und Heidelberg. Zusammentreffen mit Friedrich und August Wilhelm Schlegel. Jean Paul verfaßt die autobiographische »Selbsterlebensbeschreibung«, die Fragment bleibt.
1819	*Juni-Juli:* Reise nach Stuttgart. *September:* Auf Einladung der Herzogin Dorothea von Kurland Aufenthalt in Löbichau.
1820	»Der Komet« (Roman, 3 Bände, 1820–22). *Juni-Juli:* Jean Paul besucht seinen in München studierenden Sohn Maximilian. Audienz bei König Maximilian I. Joseph. Jean Paul wird Ehrenmitglied der Bayerischen Akademie der Wissenschaften.
1821	*April:* Reise nach Bamberg. *September:* Tod des Sohnes Maximilian.
1822	*Mai-Juni:* Aufenthalt in Dresden. *Oktober:* August Voß stirbt.
1823	*April:* Beginn der Augenkrankheit grauer Star. Arbeit an dem letzten, unvollendet gebliebenen Werk »Selina oder die Unsterblichkeit«.
1824	Zunehmende Erblindung.
1825	Jean Paul stellt die ersten fünf Kapitel von »Selina« (2 Bände, postum 1827) fertig. *September:* Reise nach Nürnberg. *Oktober:* Der Verleger Georg Andreas Reimer in Berlin macht ein Angebot für eine Gesamtausgabe. Noch im gleichen Monat beginnt Jean Paul mit den Vorbereitungen. *14. November:* Jean Paul stirbt in Bayreuth.